그러니까 웃어요

그러니까 웃어요

이미숙 지음 | 금동원 그림

마음의숲

차례

3부
웃음 소통

4부
웃음 바이러스

하하하하 하하하하
허허허허 허허허허
호호호호 호호호호
후후후후 후후후후
킬킬킬킬 킬킬킬킬
낄낄낄낄 낄낄낄낄

저자의 말

그러니까 웃어요

모든 사람들은 행복하게 웃으며 살고 싶어 합니다. 그러나 걱정과 고민이 많아 웃는 일이 쉽지 않습니다. 저는 이야기합니다. 행복해서 웃는 것이 아니라 웃다 보면 행복해진다고 말입니다.

'소문만복래' 라는 말이 있듯이 신기하게도 웃다 보면 좋은 일이 생깁니다. 좋은 일이 생겨 웃고 그렇게 또 웃다 보니 좋은 일이 생깁니다. 좋은 일이 있으니 웃게 되고 웃으니 복이 찾아옵니다. 이렇게 힘든 일상을 헤쳐 나갑니다.

한 번 화내면 늙고, 한 번 미소 지으면 젊어진다는 말이 있습니다. 웃는 사람은 생기가 흘러넘칩니다. 웃으면 얼굴 표정이 환해집니다. 그래서 미소를 가장 아름다운 화장술이라고도 합니다. 아름다워지고 싶으면 더 많이 웃어 보세요. 웃음은 행복과 아름다움을 주는 선물입니다. 하하하….

어느 날 병원에서 근무하던 저는 고통스러울 텐데도 불구하고 환히 웃는 한 환자의 미소를 보았습니다. 그 웃음의 아름다움에 반해 웃음 치료사가 되기로 결심했죠. 그리하여 수녀로서는 처음으로 웃음 치료사가 되었습니다. 저는 현재 '원조 웃음 치료사 수녀'라고 불리며 웃음이 필요한 수많은 사람들을 찾아 다닙니다. 그러고 보면 저는 웃음의 혜택을 크게 받은 셈입니다. 웃음 덕분에 행복덩이이자 스타 수녀가 되었으니까요.

저는 웃음 강의를 통해 1년에 1만 명 정도의 사람들을 만납니다. 그만큼 많은 사람들이 웃으며 살고 싶어 합니다. 제 강의를 통해 가정이 변화하고 절망에서 희망으로, 슬픔에서 기쁨으로, 부정에서 긍정으로 돌아온 사람들이 많습니다. 또한 몸과 마음이 건강해진 사례도 적지 않습니다. 제 강의를 듣고 많은 분들이 함께 웃으며 웃음의 효과를 온몸으로 느끼고 있습니다.

이런 저의 웃음 강의를 책으로 만나고 싶어 하는 분들이 많이 생겼습니다. 제 강의와 체험을 듣고 많은 분들이 성원해 주셨죠.

마침 마음의숲 출판사에서 연락이 왔습니다. 그리하여 이 책이 탄생하게 되었습니다. 원고를 다시 보니 쑥스럽습니다. 부족하기만 합니다. 하지만 용기를 냅니다. 이 책을 통해 단 한 사람이라도 잃어버렸던 웃음을 되찾을 수 있다면 그것으로 충분하다고 스스로 위안합니다.

부족한 저의 글을 아름다운 책으로 만들어 준 마음의숲 편집부와 사랑을 가득 담아 응원해 준 모든 분께 고개 숙여 깊이 감사드립니다.

하느님께서 사람을 창조하면서 '보시니 참 좋았다.' 라고 하셨습니다. 세상의 모든 이가 창조된 원래의 보기 좋은 모습으로 회복되어 어우러지기를 바랍니다. 그러려면 무엇보다 웃음이 필요합니다. 행복하게 웃는 세상이 되기를 꿈꿔 봅니다.

2010년 겨울

이미숙 아가다 수녀

1부

웃음 에너지

성공한 사람은 자신이 성공할 수밖에 없는 이유를 바로 웃는 습관 때문이라고 말합니다. 웃으면 불이 환하게 켜진 잔칫집에 선물을 들고 오는 손님처럼 밝고 좋은 에너지가 찾아옵니다. 웃는 것이 잘사는 비결입니다.

행복덩이 웃음

우주에는 분명 좋은 기운과 나쁜 기운이 있습니다. 좋은 기운은 좋은 기운끼리 모여 있고, 나쁜 기운은 나쁜 기운끼리 모여 있습니다. 웃음도 그렇습니다. 웃음끼리 모여 웃음을 찾아다니며 웃을 일을 만들어 냅니다. 반대로 슬픔은 슬픔끼리 몰려다니며 슬픈 일을 만들어 냅니다. 그러니까 웃음은 행복을 부르고 울음은 불행을 부르는 것이지요. 웃음이 끊이지 않는 집에는 '저 집에는 분명 좋은 일이 생겼을 거야.' 라며 웃음의 기운이 꽃향기를 찾는 나비처럼 모여듭니다. 그러니 자꾸 웃어 보세요.

예전에 〈웃으면 복이 와요〉라는 코미디 프로그램이 있었습니다. 무척 단순한 진리를 내세운 제목이죠. 하지만 정말로 웃으면 복이 옵니다. 우는 사람에게 복이 오겠어요? 웃는 사람에게 복이 오겠어요? 당연히 웃는 사람입니다. 그런데 왜 사람들은 웃지 않는 걸까요? 행복해지려면 그저 웃기만 하면 되는데 말입니다.

늘 웃는 연습을 해 온 사람은 입가와 눈가에 미소가 가득합니다. 누구도 그런 사람을 싫어하지 않습니다. 회의를 할 때나 혹은 직장에서 직원을 뽑을 때도 밝은 미소를 가진 사람을 만나면 어떤 일이든 거절할 수 없게 됩니다. 그 사람은 회사를, 더 나아가 사회를 즐겁게 해 줄 것이기 때문이죠. 행복하게 해 줄 것입니다. 분명 그 사람은 행복한 사람입니다. 그늘마저도, 어떤 힘겨운 상황마저도 웃음으로 즐겁게 바꿀 수 있는 사람이니까요.

살다 보면 기쁜 일, 웃을 일이 많겠지만 슬픈 일, 힘겨운 일, 아픈 일이 더 많을 수도 있습니다. 그럴 때마다 인상을 찌푸리는 사람이라면 자신에게 닥친 힘든 일의 과정을 이기지 못한 사람일 겁니다. 늘 역경에 처했을 때 짜증을 내고 인상을 찌푸리며 상대와 맞서 싸움만 해 온 사람일 것입니다. 결국 모든 상황을 부정적으로 풀어 나가는 사람일 가능성이 높습니다.

그러나 역경을 이겨 내며 시련마저도 웃음으로 풀어낸 사람은 주변의 모든 사람들에게 밝은 에너지를 불어넣어 줍니다. 웃음 바이러스를 전파하는 것이죠.

창문 밖으로, 지붕 위로 하루도 빼먹지 말고 계속 웃음을 내보내세요. 그 웃음소리를 듣고 수많은 웃음이 다시 찾아올 것입니다. 웃음 에너지가 잔뜩 모인 곳으로는 슬픔과 눈물, 고통은 절대로 들어올 수 없습니다.

남들 몰래 어두운 구석으로 파고들어 울지 말고 그냥 웃어보세요. 하하하, 허허허. 우는 것보다 더 속이 시원해진답니다. 웃음은 증발하지만 울음은 아래로, 마음속으로 가라앉기 때문에 울면 울수록 우울해진다는 말도 있잖아요. 그러니 그냥 웃으세요. 바보처럼 말이에요.

무라카미 카즈오의 《바보는 신神의 선물》이라는 책을 보면 이런 구절이 나옵니다.

> 의사들이 약 대신 '웃음'을 처방하는 날이 올지도 모른다. '오늘부터 하루에 세 번 약을 복용하는 대신 48시간 동안 큰 소리로 웃으십시오.'라고 말이다. 이 말을 "그런 바보 같은 소리가 어딨어?"라며 실없는 이야기로 받아들여서는 곤란하다. 웃음은 약의 효과를 두 배로 높여주는 효과를 가지고 있는 약이다. 그것도 부작용이 전혀 없는 안전한 약이라는 사실이 계속해서 밝혀지고 있다.

웃음이 약보다 치료 효과가 높다는 말이 우스운가요? 그럼 또 한 번 웃어 보세요. 왜 웃어야 하냐고요? 자꾸 웃다 보면 웃을 일만

생기니까요. 웃으면 행복이 오기 때문입니다. 웃으면 불이 환하게 켜진 잔칫집에 선물을 들고 오는 손님처럼 밝고 좋은 에너지가 찾아옵니다. 그리고 건강해집니다. 인생의 비밀? 별것 아니에요. 바로 웃는 것이 잘사는 비결입니다.

자신이 불행하고 하는 일마다 잘 풀리지 않는다고 생각하세요? 늘 암흑 속에 갇혀 외롭고 우울하기만 하세요? 이런 생각이 드는 건 웃지 않기 때문입니다. 이렇게 쉬운 웃는 일조차 하지 않아서죠. 매일 반복해서 웃어 보세요. 웃음도 습관입니다. 성공한 사람들을 보면 자신이 성공할 수밖에 없는 이유를 바로 웃는 습관 때문이라고 말합니다. 누구나 쉽게 따라할 수 있는 습관이지요. 그러니까 웃는 습관을 들이세요. 그러니까 웃어요. 하하하.

좋은 일이 있어서 웃는 게 아니라 나쁜 일이 있어도 웃어야 합니다. 아파도 웃고, 일이 잘 풀리지 않아도 웃어야 합니다. 항상 웃는 겁니다. 웃을 수 있다는 것에 감사해야 합니다.

웃음 근육

사람들이 제게 자주 하는 질문이 있습니다.

"왜 수녀님은 웃음 치료사가 되셨어요?"

웃음 치료사가 된 사연을 말하자면 유년 시절로 거슬러 가야 합니다. 어렸을 때부터 재미있는 일을 무척 좋아했습니다. 누군가를 재미있게 해 주는 게 좋았지요. 제가 무슨 말을 하거나 행동을 해서 사람들이 웃는 게 참 신기하게 느껴졌습니다. 그 웃음 덕분에 행복했습니다.

사람들을 재미있게 해 주기 위해 코미디언 남철, 남성남 씨 흉내를 내며 자주 뛰어다녔고 이주일 씨 춤도 추곤 했습니다. 또한 TV를 볼 때마다 '저기는 내가 나가야 돼. 보기만 하는 게 아니라 내가 직접 해야 해.' 하고 10여 년 동안 생각했습니다.

그런데 결국 꿈을 이루지 못했습니다. 개그맨 시험에 도전을 했어야 했는데, 친구가 주연급 연기자 모집 시험에 원서를 접수하는 바람에 3,000대 1로 떨어졌습니다. 하지만 20대에 품었던 개그맨의 꿈을 중년이 되어서야 웃음 치료사라는 멋진 이름으로 이룰 수 있게 되었습니다.

저는 개그맨 말고 다른 꿈이 하나 더 있었습니다. 수녀가 되고 싶었습니다. 참 아이러니하죠? 수녀가 되고 싶었지만 개그맨이 되고 싶은 열망도 강해서 수녀의 길을 거부하며 도망 다니기도 했습니다. 결국 수녀의 길로 들어섰지만요.

수녀회에 처음 갔을 때는 꽤 날씬했습니다. 인디언핑크색 원피스를 입고 수녀회 문턱을 넘었습니다. 전화번호를 잘못 보고 성 도미니코 선교 수녀회를 찾아가게 되었습니다. 무척 황당했습니다.

어린 시절 수녀가 되고 싶다는 생각에 17년 동안 준비한 게 있었습니다. 스물일곱 살 때까지 자주 읽었던 책이 있는데 《오늘의 수도자들》입니다. 그 책에는 한국에 들어온 모든 수도회가 소개되어 있었고 저는 그중 세 군데를 선택해 두었습니다. 성 골롬반, 메리놀, 한국 외방 수녀회. 이 세 곳 중 한곳에 꼭 들어가고 싶었습니다.

가톨릭 주보를 보고 성 골롬반 수녀회에 전화를 걸었습니다. 그리고 물어물어 찾아갔는데 지금 제가 살고 있는 미아동 성 도미니코 선교 수녀회가 나온 겁니다. 저는 황당하고 이상해서 안으로 들어가 물어봤습니다.

"여기가 성 골룸반 수녀회와 무슨 관계가 있나요?"

그런데 그 수녀회와는 아무런 관계가 없다고 했습니다. 사연인즉 골룸반 수녀회 전화번호를 누른다는 것이 그만 한 칸 아래에 있던 성 도미니코 선교 수녀회에 전화를 한 것이었습니다. 그때 제 전화를 받은 수녀님이 필리핀 수녀님이라 발음이 이상해서 저는 성 골룸반 수녀회라고 하는 걸로 알아듣고 찾아가게 된 것이죠.

당시 저는 듣도 보도 못한 성 도미니코 선교 수녀회에서 크게 실망했습니다. 그때는 제가 어리석어서 '적어도 수녀님이 300명 이상은 돼야 들어가 살지.' 라고 생각했습니다. 교만이었지요.

성 도미니코 선교 수녀회는 함께 사는 수녀님이 50명도 안 되었고 당시 한국에 들어온 지 10년밖에 안 된 작은 곳이었습니다. 그럼에도 불구하고 저는 첫 느낌이 좋았습니다.

보통 수녀님들은 참 조신하고 눈의 각도도 다릅니다. 걷는 것도 조심스럽게 11자로 걸어 다닙니다. 그런데 성 도미니코 선교 수녀회는 무척 자유로워서 수녀님들의 걸음걸이도 천차만별이었습니다. 어떤 분은 펭귄처럼 걷기도 했습니다.

그 순간 제 안에 기쁨과 자유가 찾아들었습니다. 원래 수녀가 되지 않으려고 서울로 도망 온 건데, 대전에 있었으면 저는 지금의 성 도미니코 선교 수녀회를 만나지 못했을 겁니다. 이렇게 제가 수녀로 살고 있다는 것이 종종 신기하게 느껴집니다.

그렇게 해서 성 도미니코 선교 수녀회에서의 생활이 오늘에 이르렀습니다. 그간 분명 제 안에 갈등도 있었습니다. 수도회 생활 2년째 되던 해였습니다. 시간이 지나면서 더 좋은 수녀회가 눈에 들어왔습니다. 갈등했습니다. 유명한 곳으로 옮겨 볼까 하는 생각도 들었습니다. 그런데 아무리 생각해도 제가 제 발로 들어온 것 같지 않은 느낌이 들었습니다. 누군가 인도해 준 것이 아닌가 하는 생각 말입니다.

저는 "너는 그냥 도미니코 수녀로 살아라."라는 하느님의 말씀을 들었습니다. 그렇게 운명이 저를 성 도미니코 선교 수녀회에 데려다 놓은 것 같았습니다. 돌아보면 수녀가 되기 전의 제 삶은 실패의 연속이었습니다. 안 될 일도 아니었는데 번번이 실패했습니다. 저의 뜻대로 된 것은 아무것도 없었지만 지금은 매일 감사합니다.

17년 동안 수녀가 되고자 준비했지만 때로는 그런 열망이 사그라지곤 했습니다. 그런데 지금은 무엇보다 수녀가 된 것에 정말 감사합니다. 도미니칸의 은사가 기쁨과 자유라는 것을 알게 되었고 꿈을 이룬 지금이 만족스럽습니다.

덕분에 개그맨보다 더 만족스러운 직업을 갖게 되었습니다. 웃음 치료사입니다. 웃음 트레이닝을 하는 사람이 되었습니다. 저는 벗겨도 벗겨도 신선한 향이 나는 양파같이 알면 알수록 참 새롭다는 말을 종종 들으며 행복한 웃음을 전파하고 있습니다. 제가 전하는 웃음의 방법은 사람들이 스스로 웃게 하는 겁니다. 웃겨서 웃는 게 아니라 웃기지 않아도 웃는 게 좋은 이유, 왜 스스로 웃어야 하는지 일깨우는 것입니다.

"네 스스로 알아서 웃어라."

고기를 잡아 주는 게 아니라 낚시하는 방법, 즉 잡는 방법을 알려 주는 것입니다. 저는 외부적인 조건에 의해 웃게 하는 것은 잘 못합니다. 대신 스스로 선택해서 웃도록 도와줍니다. 외부적인 조건이 만족스러울 때에만 웃을 수 있다면 스스로 웃음을 선택하기 어렵습니다.

저는 모든 사람들이 어떻게 하면 잘 웃을 수 있을까 고민했습니다. 고민 끝에 웃음 훈련은 웃음을 근육화하는 거라는 생각이 들었습니다. 웃음을 선택해서 아무 때나 웃을 수 있도록 말입니다. 제 자신부터 웃음의 주인으로, 삶의 주인으로, 행복의 주인으로 살고 다른 사람들도 그렇게 살게 하는 것입니다. 방법은 간단합니다. 이유 없이 그냥 웃는 겁니다. 웃음을 스스로 선택하는 겁니다.

"우리에게 웃음이 있습니다. 웃으면 행복합니다. 웃으면 복이 옵니다. 웃음의 주인도, 선택의 주인도, 행복의 주인도 바로 나 자신입니다. 이렇게 좋은 웃음을 여러분 스스로 선택하시겠습니까?"

저는 만나는 모든 분께 이렇게 말합니다. 그러면 모두 웃음의 주인으로 스스로 웃음을 터트립니다.

모두 웃어야 합니다. 어색하지만 억지로라도 웃어야 합니다. 그러다 보면 웃음이 파급되어 나중에 더 크게 웃을 수 있습니다. 웃을 수 있는데 굳이 웃지 않고 지나치지 않게 됩니다.

웃음은 우리 안에 있으며 아무 때나 꺼내서 쓸 수 있다는 사실을 알아야 합니다. 웃음 트레이닝은 특별한 아이디어가 없습니다. 웃음을 훈련하는 것으로 제가 먼저 웃는 걸 시범 보이고, 함께 웃습니다. 그것이 저만의 방법입니다. 그래서 제 웃음소리가 유난히 경쾌한지도 모르겠습니다. 가끔 경망스럽다는 느낌을 줄 만큼 통통 튄다는 말을 들을 정도입니다.

진정한 웃음이란 무엇인지, 제대로 웃는 게 어떤 것인지 절절하게 느끼고 나서야 이 일을 시작하게 되었습니다. 그래서 사람들이 정말로 행복해서 웃기를 바라기보다 웃어서 행복해지기를 바랍니다. 좋은 일이 있어서 웃는 게 아니라 나쁜 일이 있어도, 그럼에도 불구하고 웃는 겁니다. 아파도 웃고, 사업에 실패해도 웃고, 아들이

대학에 떨어져도 웃습니다. 항상 웃는 겁니다. 웃을 수 있다는 것에 감사하는 것입니다.

제가 수도자로서 웃음을 전할 수 있다는 사실에 무척 감사합니다. 스스로 환하게 웃을 때 참된 웃음이 찾아옵니다. 누군가에게 기쁨을 준다는 건 나를 더 많이 기쁘게 하는 것이라고 생각합니다. 좋아하는 일을 하는 것은 축복이요, 주어진 일을 근사하게 해낼 수 있는 능력을 가진 것도 축복입니다.

웃음으로 사람들을 치료하려면 저 또한 웃음 트레이닝을 해야 합니다. 그래서 저는 매일 밤 혼자서 미친 듯 웃습니다. 하루를 마무리하고 방에서 거울에 비친 제 눈을 바라봅니다. 나름대로 매력 있는 일과입니다. 처음에는 어색하지만 거울에 비친 제 얼굴을 보고 사랑의 마음을 갖습니다. 그리고 이렇게 말합니다.

"이 세상에 하나밖에 없는 아가다, 너 정말 예쁘다."

이런 생각을 갖고 거울을 보며 입꼬리를 올려 크게 소리 내어 웃어 봅니다. 그렇게 웃으면 지금 웃고 있는 자신의 모습이 사랑스럽게 느껴집니다. 그러면 계속 웃게 됩니다. 그렇게 훈련한 웃음을 실전에서 발휘합니다.

웃음 근육은 정말 예쁩니다. 웃으면 인상이 좋아집니다. 후덕하고 호감 가는 얼굴로 바뀝니다. 긍정적인 기운도 담기게 됩니다. 이제 모두 웃으며 살았으면 좋겠습니다.

수많은 외적인 조건보다 사람을 아름답게 만드는 것은 웃음입니다. 아무리 멋있는 세기의 미남 미녀라 해도 웃지 않으면 호감이 가지 않습니다. 진정한 아름다움과 내면의 건강함은 웃음을 통해 드러납니다.

마음의 창

러시아의 문호 도스토옙스키의 소설《사가의 기록》에 이런 구절이 있습니다.

> 웃는 모습을 보고 그 사람의 됨됨이를 평가할 수 있다. 만약 전혀 알지 못하는 남자의 웃는 모습으로부터 호감을 느끼게 된다면, 당신은 '그 남자는 착한 사람이다.' 라고 자신 있게 말해도 좋다.

이처럼 웃음은 사람의 내면을 보여 주는 창입니다. 영혼이 맑고 아름다운 사람의 웃음은 무더운 여름날 불어오는 청량한 바람과도 같습니다. 보는 이로 하여금 불쾌하고 짜증 나는 일을 잊어버리게 하고 답답한 마음을 열어 쉼을 줍니다.

그와 반대로 내면이 악독한 사람의 웃음은 왠지 경멸과 무시가 담긴 비웃음 같습니다. 웃어도 시원하지 않고 떨떠름한 느낌을 줍니다. 아마 그의 얼굴 근육이 웃음보다 분노, 슬픔, 공포, 놀람, 불쾌, 경멸의 감정에 익숙해서일 것입니다.

병원에서 봉사할 때, 환한 미소에서 느껴지는 내면의 깊은 아름다움을 본 적이 있습니다. 그 웃음이 어찌나 사랑스러웠는지 모릅니다.

제가 다른 병실의 환자에게 가서 기도하고 나오는데 한 여성이 저를 반갑게 맞아주었습니다. 제 손을 꼭 잡으면서 자신의 조카가 신자는 아니지만 병으로 고통 받고 있으니 그 아이와 그의 어머니를 위해 기도해 달라고 요청했습니다. 이렇게 해서 그와의 만남이 시작되었습니다.

그 아이, 미카엘은 스물두 살로 어릴 적부터 뇌성마비 환자였고 뇌종양 수술을 두 번이나 받았습니다. 그래서 말할 때 입이나 얼굴 근육의 움직임이 부자연스러웠습니다.

처음 그의 얼굴을 보고 마음이 힘들고 버거웠습니다. 그러나 계속 방문하면서 보니 해맑게 웃는 모습이 천사같이 예뻤습니다. 첫인상 때문에 만나기를 꺼렸는데 그건 순전히 외적인 모습만 본 저의 부족함 탓이었습니다.

제가 아이를 찾아갈 때마다 미카엘은 느릿하지만 반가운 어투로 인사를 했습니다. 그리고 제가 들려주는 웃긴 이야기를 듣고 진심으로 즐거워했습니다. 그의 어머니는 저에게 미카엘이 정말 착하고 예쁘다고 말했습니다. 정말 그랬습니다. 그 아이와 만날 때마다 순수하고 맑은 기운이 느껴져 제 마음도 덩달아 기쁘고 밝아졌습니다.

설령 얼굴이 남들과 다르면 어떤가요. 웃는 모습이 그리도 아름다운데 말입니다. 우리는 가끔 외적인 모습으로 사람을 판단합니다. 눈이 크다, 코가 높다, 피부가 하얗다 등 수많은 기준으로 미를 잽니다. 하지만 그 많은 조건보다도 사람을 아름답게 하는 것은 웃음입니다. 아무리 세기의 미남 미녀라고 하더라도 웃지 않으면 호감이 가지 않습니다. 화난 얼굴, 찡그리고 신경질적인 표정을 가진 미인을 좋아할 사람은 아무도 없습니다.

미국 캘리포니아주립대학교의 심리학 교수 알버트 메라비언이 재미있는 실험을 했습니다. 말하는 사람이 듣는 사람에게 전달하는 이미지는 어떤 요소에 의해 결정되는가를 알아보기 위한 실험이었습니다. 실험 결과 말하는 사람에 대한 이미지의 55퍼센트는 상대의 얼굴 표정에 의해 결정되며, 38퍼센트는 목소리에 의해, 그리고 나머지 7퍼센트만이 상대가 하는 말의 내용에 따라 결정된다는 것이었습니다.

참으로 놀라운 일입니다. 대화를 할 때 상대방이 받아들이는 나에 대한 이미지의 93퍼센트는 얼굴 표정과 목소리가 어떠냐에 달렸다는 결과는 웃음의 중요성을 단적으로 보여 줍니다. 왜냐하면 가장 밝은 얼굴은 웃는 얼굴이고 가장 밝은 목소리는 웃음소리이기 때문입니다. 웃음은 경계심이나 적대감을 누그러트리며 상대방의 마음을 편안하게 해 줍니다.

제가 아는 한 청년은 "데이트 주선 시에 사진으로 보고 반해서 만난 여자는 첫 만남에서 대화를 하는 순간 아니다 싶은 때가 있어요. 그런데 이상하게 사진은 별로였는데 함께 있을수록 점점 좋아지는 여자도 있었어요."라고 이야기합니다.

그래서 제가 어떤 차이점이 있냐고 물었더니 전자에 비해 후자의 경우 여자가 대화를 잘 들어주고 맞장구쳐 주고 많이 웃어서 마음이 편했다고 대답했습니다. 아름다운 여자인데 퉁명스럽게 말하거나 웃지 않고 고까워하는 태도를 보이면 정감이 가지 않는다고 이야기했습니다. 이처럼 사람은 누구나 웃는 얼굴을 좋아하기 마련입니다.

웃음은 사람의 됨됨이를 보여 주는 통로이자 인간관계를 부드럽게 해 주는 윤활유입니다. 우리는 같이 있을 때 더 많이 웃는 사람과 친근하고 원만해집니다. 그러나 신기하게도 사이가 좋았던 사람과 관계가 깨지면 가장 먼저 잃어버리는 게 웃음입니다.

이혼하려는 부부도, 좋지 않은 상사와 동료 간에 나타나는 공통점이 바로 웃음의 실종입니다. 저 또한 싫어하는 사람과 함께 있으면 눈매가 날카로워지고 새쭉해지곤 합니다.

웃음은 영혼의 척도입니다. 진정한 아름다움과 내면의 건강함은 웃음에 있습니다. 오늘 하루 만나는 모든 이에게서 내면 깊은 아름다움을 찾아보기 바랍니다. 김선옥 시인의 시 〈민들레가 웃고 있네〉를 한번 되새기면서 말입니다.

민들레가 웃고 있네.

밭둑 담벼락 길바닥 언덕
가리지 않고
땅에 온몸을 바싹 붙이고서

아기 얼굴 닮은
동그란 얼굴로 곱게 피어나
샛노란 봄 가루를 너울너울
온 천지에 날려 보내네.

앙증맞은 꽃 이파리에

봄이 퍼질러 앉아

함박웃음을 마구 흘려 대네.

온 땅이 웃어 대네.

온 하늘이 웃어 대네.

해님도 웃고 있네.

민들레도 행복에 겨워 웃네.

눈물을 미소로 바꾸는 힘과 남을 한 번 더 생각하고 배려하는 마음, 그리고 다시 사랑하는 노력은 이해가 함께할 때 가능한 일입니다. 누군가를 미워하기 전에 상대의 입장에서 먼저 생각해 보면 이런 말이 절로 나옵니다. "그래, 그럴 수도 있지."

울음을 웃음으로

며칠 전 친구로부터 편지를 받았습니다. 그 편지에는 '그럴 수 있나.'와 '그럴 수 있지.'에 대한 친구의 이야기가 들어 있었습니다. 단 한 글자만 바꿔 생각하면 걱정은 사그라지고 마음은 이내 안정과 평화를 찾을 수 있다는 말이었습니다. '그럴 수 있나.' 하고 생각하면 어떤 상황이나 사람 모두 이해되지 않지만 '그럴 수 있지.' 하고 생각하면 수용할 수 있는 여지가 생깁니다.

제가 청소년 지도사 자격증을 따고 기도회를 하던 날이었습니다. 그때 한 어머니께서 제 앞에 오더니 울먹였습니다. 마음 한가득 답답함과 울화가 치미는 것 같았습니다.

그녀가 제게 말하기를 전날 여섯 살 난 딸아이가 하는 행동이 마음에 안 들어 조그만 아이를 무척 심하게 야단쳤다고 했습니다. 엉엉 울고 있는 딸을 보니 부모님이 어렸을 때 자신을 심하게 윽박질렀던 기억이 떠올랐다고 했습니다.

그랬던 부모로 인해 자신이 분노 조절이 안 되는구나 싶어 원망하는 마음이 생겼다고 고백했습니다. 본래의 모습이 무엇인지도 모른 채 부모님께 의사 표현 한마디 제대로 못했던 어린 시절과 공부 못하면 그저 혼나는 것으로 알고 지내 공부밖에 몰랐던 학창 시절, 그리고 공부에 질려 성적이 떨어지면서 심한 좌절을 경험한 기억 모두가 그녀를 괴롭힌 모양이었습니다. 그와 동시에 자신의 모난 성향 때문에 딸을 울렸다는 것에 대한 미안한 마음이 찾아왔다고 이야기했습니다. 그래서 그녀는 그날 자애로운 어머니가 되게 해 달라고 기도하러 나온 것이었습니다.

저는 제일 먼저 그녀에게 '그럴 수 있지요.' 라고 말해 주었습니다. 부모의 강요에 의해 공부하고 공부 외에 아무것도 알지 못한 채 나가 놀지도 못하고 정말 책벌레처럼 살아온 그녀의 생애를 생각해 보니 그럴 수 있겠다 싶은 마음이 들었기 때문입니다. 또 그로 인한 분노와 화를 아직도 지닌 채 살고 있으니 딸아이의 육아가 쉽지 않았음은 당연할 것이었습니다.

그리고 자신처럼 키우지 않겠다는 강박관념을 가지고 있어 더욱 아이에게 엄했을지도 모른다는 생각이 들었습니다. 그래서 그녀에게 "어떻게 그럴 수 있나요?"라는 비난 대신 "그럴 수 있지요." 하고 말해 준 것입니다.

그 말에 그녀는 눈에 눈물이 그렁그렁 맺히더니 울기 시작했습니다. 그런 그녀를 안아 주며 아이를 키울 때 장미꽃처럼 예쁘게만 키우려 하다 지치지 말고 하느님 목적대로 커 나갈 수 있도록 지혜를 가져야 한다고 말해 주었습니다.

절대 부족한 엄마라고 생각하지 말라고 당부도 했습니다. 지나간 일은 잊고 하느님 사랑으로 키우고 축복하라고도 했습니다. 그러자 그녀는 그만 소리를 내어 꺽꺽 더 크게 울어 버렸습니다.

그녀에게 필요한 것은 잘못을 지적하는 것이 아니라 그럴 수도 있다는 위로였습니다. 이렇듯 세상을 살다 보면 희노애락이 우리를 괴롭힐 때가 있습니다. 지나고 보면 그리 힘들어할 일도 아닌데 그때는 너무나 힘든 일이 있습니다. 그럴 때 그저 옆에서 안아 주고 받아들여 주어야 합니다. 괜찮다고 말하고 이해해 주면 울음이 웃음으로 변하기 때문입니다.

저에게 아픔과 고통을 토로하던 그녀가 이후에 기쁜 소식을 전해 주었습니다. 저에게 찾아온 다음 날이 그녀의 생일이었는데 아침에 딸아이가 들뜬 목소리로 그녀를 부르더랍니다. 눈이 왔다고요. 자신의 못난 행동에도 아랑곳하지 않고 손을 잡고 거실 창으로 데려간 딸아이가 참 고마웠다고 했습니다. 그리고 그날 밤, 온 가족이 스키장에 놀러 갔는데 정말 행복했다고 말했습니다.

스키장에서 눈발이 벚꽃처럼 내리는데 참으로 아름다웠다고 자랑했습니다. 서면으로 받아 본 소식이었습니다. 아마 그녀의 얼굴에 눈물자국은 사라졌을 겁니다. 그 대신 눈꽃보다 훨씬 아름다운 웃음꽃이 피어났겠지요.

그녀를 보니 인생은 보물찾기의 연속인 것 같습니다. 보물이 꽁꽁 숨어 있는 자리는 생각지도 못한 시련과 아픔, 고통이 함께 있습니다. 잘 찾아보시기 바랍니다. 기억해 보세요.

어린 시절, 소풍 가서 보물찾기를 했을 때, 힘들지만 열심히 헤매고 다니다가 보물을 발견했을 때의 기쁨. 지금 우리의 인생도 놀라운 보물이 숨겨져 있습니다. 그리고 그 보물을 찾는 힌트는 '5−3=2' '2+2=4'에 있지 않을까 싶습니다.

힌트가 아닌 어려운 암호 같다고요? 이 의미는 오해도 세 번 생각하면 이해가 되고 이해를 두 번 하면 사랑이 된다는 뜻입니다. 눈물을 미소로 바꾸는 힘, 한 번 더 생각하고 배려하는 것, 그리고 다시 사랑하는 노력은 이해가 함께할 때 가능합니다. 누군가를 무턱 대고 미워하기 전에 그 사람의 입장에서 생각하면 저절로 이런 말이 나옵니다. "그래, 그럴 수도 있지."라고 말입니다.

절망과 위기를 가장 부드럽게 넘길 수 있도록 도와주는 게 유머입니다. 유머는 긴장을 완화시켜 주고 누구든 금방 친해지게 합니다. 웃음으로 소통할 수 있도록 도와주는 것이 바로 유머입니다.

웃음 경영

사람마다 웃음에는 각각의 특색이 있는 것 같습니다. 똑같이 웃는 것처럼 보이지만 웃는 모습이 다 다릅니다. 죄송하지만 어떤 분은 웃는다고 웃는데 썩은 미소를 보입니다. 왜냐하면 웃지 않다가 웃으면 얼굴 근육이 자연스럽게 움직이지 않기 때문입니다. 자리가 잡히지 않아서 그렇습니다. 많이 웃다 보면 얼굴 근육이 자연스럽게 자리를 잡아서 아름다운 미소를 지을 수 있습니다. 일명 살인 미소입니다.

제 웃음을 보고 주위 분들은 살인 미소라고 합니다. 저는 웃음소리도 예사롭지 않습니다. 정말 경쾌하게 웃습니다. 제가 제일 많이 듣는 칭찬 중에 하나가 웃음소리가 경쾌하다는 것입니다. 웃음 특강을 끝내고 나오면 많은 분들이 제 웃음소리가 유쾌하고 경쾌하며 매력 있다고 합니다. 속을 시원하게 해 준다고 합니다.

어느 날 저희 동네에 계란을 파는 차가 지나가고 있었습니다. 차의 스피커를 통해 소리가 느릿느릿하지만 똑똑히 들렸습니다.

"흠, 자. 계란이 왔습니다. 저는 깜짝 놀랐습니다. 공룡 알인 줄 알았습니다."

이러면서 계란을 파는 겁니다. 전혀 웃지도 않고 말입니다. 진짜 웃겼습니다. 재미있는 사람에게는 물건도 많이 사게 됩니다.

또 다른 한 분의 이야기는 이렇습니다. 어떤 분이 지하철에서 장사를 하고 있었습니다. 칫솔을 파는 분이었는데 가방을 내려놓더니 이렇게 이야기하는 것이었습니다.

"여러분께 수수께끼 하나 내겠습니다."

지하철에 탄 모든 사람들이 호기심을 가지고 그분을 쳐다봤습니다.

"플라스틱에 털 달린 게 무엇입니까?"

사람들이 수군거리며 뭘까 하고 눈을 동그랗게 뜨고 답을 기다렸습니다. 그중에는 칫솔, 하며 작게 웅얼거리는 사람도 있었습니다. 그걸 놓치지 않고 칫솔 파는 분이 외쳤습니다.

"네! 칫솔입니다. 칫솔 일곱 개에 천 원입니다. 여러분이 한 명도 사 주지 않으면 실망할까요? 저는 실망하지 않습니다. 왜냐하면 다음 칸이 있으니까요."

칫솔 파는 아저씨는 대박 났다고 합니다. 비결이 뭘까요? 웃음입니다. 재치입니다. 희망입니다. 칫솔 파는 아저씨는 절망하지 않았습니다.

주변의 시선을 모아 플라스틱에 털 달린 게 뭐냐고 재치 있게 웃으면서 물어보니까 다들 기분 좋게 하나씩 사 준 것입니다. 웃으면 고객의 지갑이 열립니다. 절망과 위기를 가장 부드럽게 넘기는 게 유머입니다. 긴장을 완화하고 누구든 금방 친해지게 해 줍니다.

많은 사람들이 재미있는 사람은 잘 기억합니다. 대기업 삼성, 엘지도 요즘 웃음 경영을 하고 있습니다. 이렇게 웃음 경영을 하는 기업 중 사우스웨스트 항공사라는 곳이 있습니다. 9·11 테러 이후에 많은 항공사가 불황을 겪었는데 그곳은 그렇지 않았습니다. 왜냐하면 그곳은 웃음 경영을 했기 때문입니다. 대표님이 출근할 때 재미있는 옷차림으로 나오기도 하고 다양한 웃음 이벤트를 펼쳐서 사원을 기쁘게 했다고 합니다.

사람들, 특히 한국 사람들은 기분이 좋으면 200퍼센트까지 일의 능률을 올립니다. 그런데 기분이 나쁘면 자신이 가진 능력의 반도 못 씁니다. 우리는 기분에 살고 기분에 죽습니다.

저는 평화방송 라디오 〈이동우 · 김수영의 오늘이 축복입니다〉라는 프로그램에 월요일마다 출현해 '펀펀 수녀의 오 해피데이'를

진행하고 있습니다. 그런데 어느 날 제 앞으로 사연이 왔습니다. 강남에서 마사지 가게를 운영하는 한 여성이 제게 물어왔습니다.

> 마사지 가게를 운영하다 보니 찾아오는 여성 고객들이 외모, 미용에 민감합니다. 그래서인지 가게에는 까다롭고 독특한 여성 고객도 많이 찾아와요. 마사지 가게에는 웃지 못 할 사건들이 끊이지 않습니다. 서비스업인 탓에 싫은 소리를 할 수도 없어요. 요즘은 인터넷 사이트에 고객이 불만 하나 올리면 가게는 문을 닫아야 하는 경우가 비일비재해요. 가게 운영이 너무 어렵습니다.
>
> 사건은 토요일에 일어났어요. 한 고객이 본인의 실수로 가게에 휴대전화를 놓고 갔습니다. 가게 직원이 그 고객의 가족에게 전화를 해 주었고 곧 주인이 전화기를 찾아갈 것이라 생각하고 기다렸습니다. 그런데 그 고객은 전화기를 찾아가지 않고 어느 날 갑자기 가게에 와서 난리를 부렸습니다.
>
> 주말에 시험을 봤어야 하는데 전화가 없어서 중요한 시험을 못 봤다고 손해배상을 청구하겠다고 했습니다. 고객이 대기실에서 하도 소란을 피우기에 조용히 고객을 불러냈습니다. 어떻게 해 주기를 바라냐고 물었더니 전화기와 상관도 없는 마사지 비용과 나머지 회비를 환불해 달라고 요구했습니다. 또 직원이 공손한 태도로 자신을 대하지 않았다고

사과할 것을 요구했습니다.

저는 좀 부당하다는 생각이 들었습니다. 그때 분명히 직원이 친절하게 대했는데도 적반하장으로 나온 건 고객이었습니다. 어쩔 수 없이 직원들 모두 그 고객에게 사과를 하는 것으로 일은 해결되었습니다. 그러나 시간이 지나면 지날수록 자꾸 그 생각이 나서 화가 났습니다. 이런 일은 빈번하게 일어나는데 그럴 때마다 조용히 처리하지만 불신과 분노가 쌓입니다. 이런 식으로 계속 스트레스가 쌓이면 화병이 생길 것 같아요. 직원들 보기에도 미안하고 어떻게 하면 좋을까요.

제 경우가 생각납니다. 저는 고려대학교 병원 원목실에서 근무했었습니다. 가끔 총무과에 방문해서 보면 별의별 고객이 다 있습니다. 이런 분이 있었습니다. 먼저 소리를 지릅니다. 정신을 쏙 뺍니다. 그리고 직원들은 무시하고 책임자 나오라고 합니다. 그런데 막상 그분을 설득해서 조용한 데로 데리고 가서 말하면 또 대화가 됩니다.

처음에 그런 분들은 준비를 하고 오는 것 같습니다. 당연한 사건이면 조용히 말하면 되는데 이게 안 되는 일이라는 걸 마음 깊은 곳에서 아는 것입니다. 그래서 직원들이 아무 말도 못하게 적반하장으로 큰소리를 지르면서 들어오는 겁니다. 직원들을 혼란스럽고 당황하게 하는 겁니다. 이때 직원들이 나서서는 안 됩니다. 직원들이 이야기해 봤자 통하지 않습니다. 책임자나 원장이 대면할 수밖에 없습니다.

고객을 쳐다보며 이상하다는 표정을 짓거나 조금이라도 불쾌함을 표시하면 더 난리를 칩니다. 또 꼬투리를 잡습니다. 저는 이런 고객과 만났을 때 맞대응하지 않았습니다. 난동을 피워도 침착함을 잃지 않았습니다. 시간이 조금 지나면 한참 난리를 피우던 고객이 잠시 잠잠해집니다. 저는 그 순간을 놓치지 않고 이래저래 조용히 말씀을 드리고 싶다고 했습니다. 그런 분들은 일단 사무실에서 난동을 부리면 원하는 것을 얻을 수 있다고 생각합니다.

그런 고객이 왔을 때 어떻게 대응해야 하는지 직원들에게도 알려 줘야 합니다. 이런 사람들은 다들 비슷한 면을 가지고 있습니다. 장사하는 분들은 그들을 가리켜 진상이라고 합니다.

이런 일을 상습적으로 하는 분이 있습니다. 블랙리스트라고 백화점에서 옷을 사 입고, 나중에 와서 환불해 달라고 막 소리를 지르는 분이 있습니다. 그러면 저는 공손한 태도를 취합니다. 이분을 조용한 장소로 모시고 가야 합니다. 지극히 공손한 태도를 보여야 합니다. 사람 심리상 상대방이 자신을 대하는 태도가 공손하면 목소리가 작아지기 때문입니다.

장소를 조용한 데로 옮긴 후에 불만이 있으면 이야기하라고 하면 됩니다. 직원들은 일을 해결할 수 있는 담당자나 원장님을 불러 드리겠다고 공손한 태도로 대하는 겁니다. 차 한 잔 드리면서 말입니다. 그러면 막무가내였던 그 고객은 목소리가 잦아듭니다. 그런데 자신을 대하는 직원이 삐딱하게 굴면 이런 고객은 목소리를 낮추지 않습니다. 더 크게 소리를 지릅니다. 네가 나를 무시하냐 이겁니다.

상식이 통하는 사람은 이렇지 않습니다. 상식적인 기대를 가지고 그 사람을 대하면 마음에 상처를 받습니다. 그러기보다 상대가 어딘가 아픈 사람이라고 생각하는 게 더 빠릅니다. 육체적으로 멀쩡하지만 정신적으로 환자라고 인정하고 우리가 돌봐야 한다는 마음을 가지는 겁니다.

비상식적인 사람은 들어설 때부터 태도가 심상치 않습니다. 느낌이 그렇습니다. 환자를 대하는 마음으로 지극히 공손하게 대접하겠다고 마음을 먹으면 됩니다. 그렇게 훈련하면 됩니다.

어느 업계든 친절 교육을 시키는 게 다 그런 이유입니다. 계속 인사하는 방법을 훈련하고 웃는 연습을 하면 어떤 상황이 닥쳐도 웃는 게 가능합니다. 비상식적인 고객을 만났을 때 호흡을 크게 세 번 하고 그들이 불만을 이야기하면 그러려니 받아들이는 겁니다. 상대의 행동에 화가 치미니까 똑같은 태도로 대응하기 십상입니다. 그러면 100퍼센트 손해입니다.

고객의 화를 풀어서 내 입장을 이야기해야 알아듣습니다. 머리를 잘 써야 합니다. 맞대응하는 것은 분명히 손해 보는 일이자 어리석은 일임을 알고 화가 난 사람의 말을 듣고 내 입장을 이야기해야겠구나 하고 마음먹는 게 좋습니다.

이런 고객이 휩쓸고 가면 저녁에 속상하고 화가 나서 잠도 못 잔다고요? 결국 부당한 요구를 들어준 게 억울해서 그런 겁니다. 전화기랑 상관도 없는 마사지 비용과 나머지 회비를 환불해 달라는 요구는 정확히 따지고 들어서 안 된다고 했어야 할 문제입니다.

아닌 건 아니기 때문입니다. 일단 고객의 이야기는 다 듣되 알아보겠다고 하고, 아닌 건 아니라고 말씀드리는 겁니다. 계속 큰소리치는 사람을 이런 식으로 받아 주다가는 사업을 제대로 못합니다.

서비스 정신이 있어야 사업이 됩니다. 교육을 받아야 합니다. 싸우더라도 공감해 주는 노력이 필요합니다. 웃어야 합니다. 사람에 대한 이해를 키우고 세상을 살아가는 데 어쩔 수 없이 이런 사람, 저런 사람이 있다는 현실을 파악하는 게 중요합니다. 일에 있어서 이런저런 사람이 있지만 나는 이 일을 해야 되겠다 하면 받아들여야 합니다.

불친절한 고객을 환자로 품고, 공손하게 웃으며 대응한 후 자기 자신에 대해 "잘했어."라고 격려하는 게 중요합니다. 싸우지 않고 성숙하게 자신을 칭찬하는 겁니다. 정말 별사람 다 있다고 웃고 털어 버리는 겁니다. '이상한 사람을 받아 준 나는 정말 대단하다.' 하고 최면을 거는 겁니다. 애썼으니까 그래도 됩니다.

제가 수녀원에서 5년 동안 마음의 갈등을 겪었을 때 제 자신을 믿는 게 어려웠습니다. 힘들었습니다. 상대방이 이해될 때 사랑하는 것은 누구나 가능합니다. 사실 사랑에는 조건이 없습니다. 나에게 잘하는 사람은 다 사랑할 수 있습니다. 문제는 이해되지 않는 사람을 먼저 사랑하는 겁니다. 명심하세요. 사랑하면 이해가 됩니다. 자신을 불쾌하게 만든 누군가를 향해 웃어 보세요. 사랑하는 마음이 가득하다는 걸 표현하세요. 그렇게 웃음 경영을 하면 성공할 겁니다.

혼자만 알고 있던 재미있는 이야기를 많은 사람들과 나누면 웃음은 배가 됩니다. 분명 나 혼자 알고 있던 농담인데도 상대방에게 웃음이 전염되어 배를 잡고 같이 웃게 됩니다. 이것이 바로 행복 바이러스입니다.

재치 있는 농담

강의할 때 종종 저는 재미있는 이야기나 농담을 합니다. 사람들이 긴장할 때 제가 재미있는 농담을 던지면 와 하고 웃음을 터트려서 분위기가 좋아집니다. 웃긴 이야기가 하나 있습니다.

초등학교 선생님이 아이들에게 질문했습니다.

"누가 선물을 주었을 때 다섯 글자로 어떻게 말해야 하죠?" 첫 번째 아이는 "감사합니다."라고 답했습니다. 두 번째 아이는 "고맙습니다." 세 번째 아이는 뭐라고 했을까요. 바로 "뭘 이런 걸 다." 라고 했답니다.

제가 세 번째 아이의 답변을 말하기 전에 이야기를 듣는 사람은 한 번씩 답을 유추해 보게 됩니다. 그리고 생각지도 못한 답변이 나왔을 때 무릎을 탁 치며 웃지요. 의외의 농담일수록 그 뜻을 알아채려면 머리를 써야 하고 머리를 쓰는 순간 긴장감은 자신도 모르게 사라지게 됩니다.

농담의 이러한 효과는 "사랑합니다." "기쁘시죠." "행복하시죠." 등 긍정적인 감정을 전달하는 말과는 또 다른 효과를 낳습니다.

네덜란드의 레드바우드 대학교에서 긍정적인 말과 농담의 효과를 비교 연구한 적이 있습니다. 대학생 90명에게 긍정적, 부정적, 긍정도 부정도 아닌 사물의 사진을 보여 주고 농담 또는 긍정적인 말을 들려주었습니다.

그중 부정적인 사진을 본 뒤 농담을 들었을 때 사진에 대한 부정적인 느낌이 가장 크게 줄어들었습니다. 그러나 긍정적인 말로는 이와 같은 효과를 거둘 수 없었다고 합니다. 그 이유는 바로 농담이 정신을 잠시 빼앗기 때문입니다. 그러니 허를 찌르는 참신한 농담일수록 부정적인 마음을 지우는 데 더욱 효과가 있습니다.

삶을 살아가는 데 언제나 기쁠 수만은 없습니다. 때로는 쓴소리도 듣고 오해를 받기도 합니다. 특히 직장에서 만나는 수많은 사람과의 부딪힘은 우리를 지치게 만들기도 합니다. 그럴 때 농담과 유머는 우리의 마음에 여유를 불러옵니다. 직장 상사 앞에서 중대한 발표가 있을 때, 또는 회의 중 의견 차이로 분위기가 심각해졌을 때 유머를 던지면 팽배한 긴장 관계가 누그러집니다. 그래서 대부분의 직장인은 유머 감각이 직장 생활에 꼭 필요한 것이라고 강조

합니다.

이렇게 중요한 유머 감각, 재치를 어떻게 키울 수 있을까요. 저는 '유머 노트'를 활용하곤 합니다. 뭔가 특별한 것이 아니라 사람들 사이에 재미있는 일이 있을 때마다 노트에 기록해 둔 것입니다.

인터넷을 하다가 우스운 이야기를 발견하면 메모를 합니다. 그리고 이렇게 만들어진 유머 노트를 짬짬이 들춰 보곤 합니다. 지하철이나 버스로 이동할 때 노트를 보면서 혼자 키득거리기도 합니다. 또 어떤 부분은 다른 사람에게 꼭 이야기해 줘야지 하고 외우기도 합니다. 유머를 듣고 나서 웃는 이의 모습이 기대가 되기도 하고 설레기도 합니다.

혼자 알고 있는 것도, 같이 나누면 웃음도 배가 되는 것 같습니다. 분명 내가 알고 있는 농담인데도 상대방의 웃음에 전염되어 배를 잡고 같이 웃게 됩니다. 넥타이를 바짝 매고 종종걸음으로 하루를 보냈다면, 넥타이를 조금 느슨하게 풀고 재치 있는 농담을 던져 보는 것은 어떨까요? 굳은 얼굴에 웃음이 번지면서 답답한 가슴이 뻥 뚫릴 겁니다. 그리고 밋밋하고 건조한 일상이 생기 있게 변할 것입니다.

사람들은 사진을 찍을 때 웃는 연습을 합니다. 웃어서 건강해지고 행복해지는 일석이조의 효과입니다. 맑은 날 사진기를 들고 어디든 나가 보는 것도 좋습니다. 즐거운 추억과 행복한 웃음을 한가득 담을 수 있으니까요.

웃는 사진

제2회 한국청년대회가 끝나고 우리 청년들이 잘 지내는지 궁금하던 찰나에 저의 온라인 카페에 한국청년대회 때 찍은 사진이 올라왔습니다. 파릇파릇한 청년들 사이에서 환하게 웃으며 찍은 제 모습을 보니 그때의 추억이 새록새록 떠올랐습니다.

비 오는 날 도보 순례를 하고 페이스페인팅을 한 기억이 났습니다. 카메라의 셔터를 막 누르려고 할 때 끼어들어서 찍은 사진도 있는데 정말 웃기게 나왔습니다. 실은 제가 사진 욕심이 아주 조금 있습니다. 그래서 행사 때마다 빠짐없이 사람들과 사진을 찍어 남깁니다. 그렇지 않으면 누구랑 무엇을 했는지 잊어버리기도 하거니와 사진을 볼 때마다 재미있는 추억거리가 생각이 나서 기분이 좋습니다.

그리고 제가 사진을 좋아하는 이유가 하나 더 있습니다. 그 이유는 바로 사진을 찍을 때 표정 때문입니다. 사진을 찍을 때 어떻

게 찍나요? 청년들은 손가락을 V자로 만들어 포즈를 취하거나 또 재미있는 행동을 연출해서 찍기도 합니다. 어떤 모양새로 찍든지 한 가지 공통점이 있습니다. 바로 웃음입니다.

사진을 찍을 때 누구도 울상을 짓지 않습니다. 평소 웃지 않던 사람도 어색하게나마 입가에 미소를 띱니다. 사진가가 웃음을 유발하기도 합니다. 김치, 치즈, 위스키 등 입꼬리를 올리게 되는 단어를 말하기도 합니다. 사람이라면 누구나 좋은 기억을 남기고 싶어 하는 마음이 있어 사진을 찍을 때도 이런 심리가 반영되는 것 같습니다.

이처럼 모두 사진을 찍을 때 웃게 되는데 이로 인해 건강해집니다. 특히 사진을 찍을 때 함박웃음을 짓는 이들은 수명이 길어진다고 합니다. 미국 디트로이트의 웨인주립대학교 어니스트 아벨 교수팀은 사진 속 미소와 수명의 연관 관계를 알아보기 위해 230명 정도 되는 사람들의 웃는 정도를 분석하고 실제 이들이 얼마나 살았는지 조사해 보았다고 합니다.

웃는 모습을 기준으로 세 부류로 나누었는데 첫 번째는 진지한 표정으로 차분하게 카메라를 바라보는 사람, 두 번째는 입가에 약간의 미소를 보이는 사람, 세 번째는 입과 양 볼이 올라가고 눈까지 움직이며 함박웃음을 짓는 사람으로 구별했습니다.

이들의 건강과 수명을 조사해 본 결과 첫 번째 부류는 평균 수명이 72.9세, 볼과 입만 움직여 미소 짓는 두 번째 부류는 평균 75세였습니다. 마지막으로 볼과 입뿐만 아니라 진심에서 우러나온 웃음이라고 할 수 있는 눈까지 함께 웃는 이들은 평균 79.9세로 나타났습니다.

사실 '웃어야지.' 하고 마음을 먹어도 웃을 일이 별로 없어서 또는 혼자 웃기 어색해서 웃지 않는 경우가 많습니다. 그리고 억지웃음을 짓자니 가식적인 게 아닌가 싶어 무표정하게 있을 때가 있습니다. 그런데 사진을 찍을 때는 혼자여도 부끄럽지 않습니다.

요즘은 핸드폰으로 셀프 카메라를 찍는 사람들이 많이 있습니다. 또 그렇게 혼자 미소 지으며 사진 찍는 게 이상해 보이지 않습니다. 그러고 보면 사진은 웃음 훈련을 하기에 너무나 좋은 방법입니다.

또 좋은 사진을 남기기 위해 미소를 만들지만 그 모습이 인위적으로 보이지 않습니다. 당연한 모습입니다. 사진을 찍기 위해 웃음을 짓지만 어느새 그 웃음이 마음속에서 우러나오기도 합니다. 사람이 미소를 지으려면 열여섯 개의 얼굴 근육을 움직여야 합니다. 이중 눈둘레근을 움직이는 웃음을 진정한 웃음으로 봅니다. 진짜 웃겨서 웃는 웃음입니다.

그런데 사진을 처음 찍을 때는 입가만 올리다가, 어느 순간 부끄러운 듯 미소를 짓습니다. 그 모습을 연속해서 촬영하면 눈웃음을 짓고 있는 얼굴이 보입니다. 어느덧 입가에만 어리던 웃음이 마음속까지 전해진 것입니다.

사진을 찍으며 웃는 모습을 연습하고 또 웃어서 건강해지고 행복해지는 일석이조의 방법. 참 좋지 않나요? 날씨 좋은 날 카메라를 들고 어디든 나가보는 것도 좋을 듯합니다. 즐거운 추억뿐만 아니라 행복한 웃음을 한가득 담게 될 테니까요. 자, 그럼 하나, 둘, 셋. 스마일. 찰칵.

2부

웃음 치유

행복을 가져다주는 복덩이, 웃음을 부르세요. '웃으면 복이 와요.'라는 말은 허투가 아닙니다. 어떤 웃음이어도 상관없습니다. 힘차게 웃으면서 하루를 시작하면 하는 일도 술술 잘 풀립니다.

스마일 스티커

저에게는 스마일 스티커가 있습니다. 동그란 까만 눈에 빙그레 웃는 미소가 그려진 노란 스티커입니다. 저는 그 스티커를 여기저기 곳곳에 붙여 놓습니다. 부엌에도, 현관에도, 책상에도 하나씩 붙이고 눈에 보일 때마다 보고 웃습니다.

이른바 스마일 스티커는 웃음 지정 구역을 알려 주는 표지판인 셈입니다. 가끔 설거지 더미가 한가득 쌓였을 때 스티커 속 웃는 얼굴과 마주치면 저도 모르게 입꼬리가 올라갑니다. 또 아무도 없는 현관에서 바닥에 홀로 빙긋이 웃고 있는 스티커를 보고 남몰래 웃음을 짓습니다.

책상에 앉아서도 마찬가지입니다. 신학 공부를 하다가 어려워서 저도 모르게 미간이 찡그려질 때, 스마일 스티커를 보며 얼굴을 펴고 웃어 봅니다. 혼자 웃는 게 이상하고 웃기지 않는데 미소를 짓는 게 어색할 수도 있습니다. 그래도 한 번 웃어 보시기 바랍니다.

뇌는 진짜 웃음과 가짜 웃음을 구별하지 못한다고 합니다. 억지로 웃어도 진짜로 웃을 때의 90퍼센트의 효과가 있다고 하니 이왕이면 한 번 더 웃는 게 좋지 않을까요. 건강을 위해서 억지로 운동을 하듯, 우리의 마음과 몸을 위해서 웃음 훈련을 하는 것입니다.

우리는 대부분 행복하기 때문에 웃는다고 생각하지만 사실 웃기 때문에 행복한 경우가 훨씬 더 많습니다. 저는 병으로 힘겨워하는 분을 많이 만났습니다. 그중 한 여성분은 교통사고로 방광이 망가져 35년 동안 소변 주머니를 단 채 생활하고 있었습니다.

병원 주일 미사 때 그녀와 처음 만났습니다. 몸이 아파 허리를 잘 펴지 못하는 상태에서 한 손에는 소변 주머니 그리고 다른 한 손에는 고름 주머니를 들고 미사를 보고 있었습니다. 그분의 힘겨워하는 모습이 안쓰러웠습니다. 그런데 그녀의 표정을 보니 전혀 지치거나 괴로워 보이지 않았습니다. 오히려 그곳에 있는 누구보다 평화로운 얼굴이었습니다. 그때 미소를 살짝 띤 그분의 모습은 제 마음에 깊이 남아 있습니다.

마음에 평안을 갖기까지 그녀의 삶은 참으로 굴곡 많고 모질었습니다. 장애인이 모인 수도 공동체에서 10년을 살다가 몸 상태가 나빠져 다시 병원으로 오게 된 것이라고 했습니다. 몸이 아픈 것도 서럽고 슬픈데, 꾹 참고 수도 생활을 해 왔는데 수도자가 되지 못한 채 여전히 몸이 아파 나오게 되니 참을 수 없을 만큼 화가 났다고 합니다. 그래서 2년 동안 하느님을 원망하고 여기저기에서 불만을 토로하는 등 웃음을 잃어버린 채 살았다고 했습니다.

그러던 어느 날, 자신과 같이 힘겨워하는 영혼을 위해 가슴으로 기도하며 살자고, 그리고 그 고통 가운데에서도 웃자고 결단을 내렸답니다. 그 이후 조금씩 웃기 시작하면서 번민이 사라지고 행복이 찾아왔다고 고백했습니다.

일부러라도 웃는 것이 진짜 웃음을 만드는 시작입니다. 우리 뇌에는 웃음을 담당하는 웃음보가 있습니다. 이것을 자극하면 우습지 않은 상황인데도 웃음이 터져 나오고 또 웃음보가 뺨의 근육을 자극해 즐거운 생각이 촉발되어 또 웃음이 나옵니다. 이러한 웃음 치료 활동은 역사가 기록되면서부터 의학에서 쭉 사용되어 왔습니다.

먼 옛날 일부 외과 의사들은 환자가 수술 후에 고통을 덜 받게 하기 위해 웃음 치료를 했습니다. 기록에 의하면 16세기에 로버트 버튼이 멜랑콜리의 치료법을 활용했고, 리차트 멀캐스터는 신체적 운동의 하나로 웃음을 이용했다고 합니다. 17세기 허버트 스펜서는 과도한 긴장감을 완화시키는 방법으로, 19세기 고트립 후펠란트는

소화를 원활하게 하는 방법으로, 20세기에 제임스 월시라는 미국의 의사는 내장 기관을 자극하는 방법으로 웃음을 사용했다고 합니다.

현대의 웃음 치료는 미국의 한 편집장 노만 커즌스의 연구로 인해 더욱 활발해졌습니다. 어느 날 갑자기 그는 강직성 척수염이라는 듣도 보도 못한 병에 걸립니다. 점점 뼈와 근육이 굳어 가는 무척 고통스러운 병입니다. 그는 늘 얼굴을 찌푸리며 살았습니다. 병마에 시달리는 수많은 사람들이 그렇듯이 희망 없이 살아갔습니다.

그런데 문득 코미디 프로그램을 보면서 통증이 줄어드는 걸 실감했습니다. 그리고 이를 과학적으로 분석했습니다. 분석 결과 15분 웃으니까 2시간 동안 통증이 사라진다는 사실을 밝혀냈습니다.

그 후 그는 적극적으로 웃음 치료를 받고 병을 치료했습니다. 이를 계기로 하루하루 고통 속에서 살아가던 그는 캘리포니아주립대학교 부속병원에서 본격적으로 웃음의 효과를 연구하기 시작했습니다. 그의 연구로 웃음 치료 활동이 지금까지 계속되고 있는 겁니다.

'스마일 스티커 붙이기'는 과학적인 웃음 치료 방법을 응용해 제가 만든 웃음 치료 활동의 하나입니다. 웃을 수 없는 상황에서도 웃어서 행복한 기억, 재미있는 이야기를 떠올리는 것입니다. 일례로 시험공부를 하느라 한창 끙끙대고 있을 때 스마일 스티커를 보고 혼자 크게 웃은 적이 있습니다. 왜냐하면 갑작스레 호스피스 교육 때 들었던 웃긴 이야기가 생각 났기 때문입니다.

이런 이야기입니다.

경상도 할머니와 미국인 청년이 같이 버스를 기다리고 있었습니다. 둘은 한참을 기다렸고 드디어 버스가 도착했습니다. 이때 할머니가 기뻐서 "왔데이."라고 말했습니다. 그랬더니 미국인이 "먼데이Monday."라고 대답했습니다. 그러자 할머니는 버스를 가리키며 "버스데이."라고 말했습니다. 이에 미국인 청년은 "오, 해피 버스데이Birthday."라고 했답니다. 정확한 대답이 아닌가 싶습니다. 하하하…. 즐겁지 않은가요. 이처럼 행복을 따라 웃음은 찾아옵니다.

행복을 가져오는 복덩이, 웃음을 부르세요. 웃으면 복이 온다는 말은 허투가 아닙니다. 깔깔, 호호, 하하, 어떤 웃음도 상관없습니다. 저처럼 크게 그리고 독특하게 웃어도 됩니다. 힘차게 웃으면서 하루를 시작하면 일이 술술 풀립니다.

5분간 웃을 때 500만 원 상당의 엔도르핀이 생성된다고 합니다. 10분 동안 배꼽을 잡고 박장대소하면 3분 동안 힘차게 노를 젓는 것과 같은 운동 효과도 있다고 합니다.

아무쪼록 웃고 살면 좋겠습니다. 그리고 온 세상에 스마일 스티커가 붙었으면 하는 바람도 가져 봅니다. 서로 눈이 마주치면 웃고, 고된 노동에도 하늘을 올려다보고 웃는 우리의 모습 참 아름답지 않나요?

타인을 사랑하라고 하는 것은 다른 누구도 아닌 자기 자신을 위해서입니다. 한 사람이라도 미워하는 마음을 가지면 진정한 행복은 없습니다. 늘 마음이 무겁고 불편합니다. 미움을 내려놓는 것만이 행복으로 가는 지름길입니다.

용서

웃음 치료를 하러 다니다 보면 수많은 아픔과 상처를 접하게 됩니다. 라디오에 사연을 보내온 한 여성은 어린 나이에 아버지를 여윈 데다가 어머니도 많이 아팠다고 합니다. 병을 앓던 어머니도 3년 전에 하늘나라로 가셨다고 했습니다. 어머니를 보내며 애절한 그리움으로 많이 울었지만 상처가 아물지 않았고, 올케와 사이가 악화되어 갈등이 더 깊어졌다고 말했습니다.

그분은 올케의 냉랭함이 너무 싫고 힘들다고 토로했습니다. 자신도 누군가의 며느리로 살기에 올케가 이해되기도 하지만 원망은 지워지지 않는다고 했습니다. 분명히 화해하고 용서해야 하는데 잘 안 된다고 힘들어했습니다.

저도 수도원에 와서 한 5년 정도 누군가를 미워해 본 적이 있습니다. 진짜 죽기보다 힘들었습니다. 함께 산 수녀님 중 한 분이었습니다. 그때는 그분이 나쁜 사람이라 싫은 줄 알았습니다. 이기적이고 배려심도 없다고 생각했습니다. 이해가 안 됐습니다. 조금이라도 가능성을 보았더라면 그리 오랫동안 미워하지 않았을 텐데 아무리 이야기해도 대화가 안 되고, 상대방이 나를 이상하다고 생각하니까 더 싫었습니다.

수도 생활의 연륜이 깊어짐에 따라 진정한 제 자신을 만나면서 사람은 다 다르다는 사실을 알게 됐습니다. 또한 제가 본 그 사람의 모습은 일부분이었고, 어찌 보면 사람을 규정지어 봤다는 것 자체가 제가 가진 한계였던 겁니다. 그 사람이 이기적이라 느끼는 것은 제가 이기적이어서였는데 저는 그 마음을 밀어 놓고 아닌 것처럼 굴었습니다. 나는 이렇게 노력하고 사는데 너는 왜 안 그러냐 하는 식이었던 겁니다.

문득 그 사실을 알아차리고 그 수녀님을 다시 보게 됐습니다. 그 사람이 나쁜 사람이 아니라는 것을 깨닫고 '이게 나의 한계구나.' 라고 반성하는 데 10년이 걸렸습니다. 누군가가 나에게 걸림돌이 된다면 그건 또 다른 나의 모습입니다.

예전에는 미워하는 사람이 있으면 째려보고 침묵으로 대응하며 무시하곤 했습니다. 하지만 이제는 안 그렇습니다. 아마도 제가 성숙해졌나 봅니다. 저의 한계를 깨닫고 기도하는 마음가짐을 갖게 된 것입니다. 싫은 사람이 있다면 그 사람을 새로운 눈으로 보고,

가능성을 찾도록 노력해 보는 게 좋습니다.

성당에 들어오면 빛의 기운이 온몸을 휘감습니다. 저는 제가 착한 사람인 줄 알았는데, 선한 사람이라고 여겼는데 깨닫고 보니 더 한, 덜한 사람도 없다는 생각이 듭니다. 사람은 오십보백보인 것입니다. 잘난 것도 못난 것도 조건과 상황에 따라 변하는 것이지 더 좋은 사람, 더 나쁜 사람을 단정 짓는 것은 올바르지 않다고 생각합니다.

저도 어느 날 알아차렸습니다. 그리고 놀랍게 변했습니다. 제가 그토록 싫어하던 그 수녀님에게 미안했습니다. 내가 부족했구나, 내가 너그럽지 못해서 있는 그대로 받아 주지 못했구나 싶었습니다.

라디오에 사연을 보내주신 분도 올케에 대한 미움을 떨쳐 냈으면 좋겠습니다. 어머니와 아버지를 떠나보낸 슬픔 역시 떨쳐 내야 합니다. 우리 몸은 다 기억하고 있습니다. 나쁜 기억, 안 좋은 기억을 가지고 있으면 병이 됩니다.

모든 부정적인 감정을 떨쳐 낸 다음에 '그 사람 모습 때문에 힘들다.'가 아니라 '왜 그 사람의 그런 모습 때문에 내가 힘들까?' 라고 자문해 보는 겁니다. '상대의 새로운 모습을 보면 어떨까?' 이런 생각도 해 보는 겁니다. 곁에 아무도 없는데 함께 사는 올케와의 관계마저 좋지 않아 미워한다면, 서로 불편히 지내는 시간이 너무 아깝다는 생각이 듭니다. 이미 부모님은 가 버렸는데 어머니 아버지의 그늘에서 헤어 나오지 못하면 괴로울 뿐입니다.

부정적인 감정을 떨쳐 내면 마음이 조금씩 정화될 겁니다. 그리고 어느 날 회복됩니다. 저도 어느 날 갑자기 그 수녀님이 사랑스럽게 보였습니다. 신기했습니다. 아마도 수도자신학원에 다녔을 때일 겁니다. 난생처음 그 수녀님과 시험공부를 같이했습니다.

누군가를 미워하면 지옥에서 살고 있는 기분이 듭니다. 타인을 사랑하라고 하는 것은 상대방을 위해서가 아니라 나 자신을 위해서입니다. 나 자신이 천국에 있다고 느끼려면 먼저 사랑하는 게 최선입니다. 한 사람이라도 미워하는 마음을 가지면 진정한 평화는 없습니다. 늘 마음이 불편하고 뒤통수가 당기곤 합니다. 잘 먹다가도 툭하면 체합니다. 그러니 미움과 싫어하는 감정을 빼고 사는 게 행복으로 가는 길입니다.

조금만 생각을 달리하면 나에게서 선한 기운이 나오게 됩니다. 선입견을 가지고 보니까 그 사람이 변해도 '너는 이미 그런 사람이니까.' 라고밖에 보이지 않는 것입니다. 노력하는 모습 자체도 보이지 않고 악한 기운만 보이는 겁니다. 저 역시 미워했던 그 수녀님이 나를 불편해 하고 싫어한다는 사실을 알았을 때 똑같이 악한 마음을 보냈습니다. 그러니 서로 더 싫었을 것입니다. 먼저 웃으면 상대방이 변한다는 걸 그때는 몰랐습니다.

상대방을 변화시키는 것은 시간이 너무 오래 걸리고 내가 힘을 쓸 수가 없습니다. 마음이 편안해지면 올케를 대하는 것도 편안해지고 올케도 미안해 할 것입니다. 누가 먼저 시작을 하느냐가 관건입니다. 어차피 화해가 이루어질 건데, 먼저 관계에 대해 고민하고 화해를 시도하는 사람이 되어야 합니다. 상대방은 모르고 있을 수도 있으니까 원망하지 말아야 합니다. 미운 그 사람, 싫은 그 사람 앞에서 환하게 웃어 보시기 바랍니다. 그리고 진심으로 다가서십시오.

교통 관련 기관에서 일하고 있는 한 공무원 남성도 동료와의 불편한 관계를 라디오 사연으로 전했습니다. 그는 주 업무가 사무 행정 처리이다 보니 주로 사무실에 있다고 합니다. 그런데 2년 전부터 일하는 게 너무 힘들다고 했습니다. 함께 지내는 동료와 사이가 좋지 않았기 때문입니다. 사소한 오해가 서로를 등지는 계기가 되고 말았다고 합니다.

동료와 관계를 풀고 싶어서 약속을 잡아도 당일쯤 되면 다른 약속이 있다고 취소하고 그다음에 동료는 다시 약속을 잡지 않는다는 겁니다. 그래서 잠깐 차라도 할 수 있냐고 물어보면 지금 바쁘다고 나중에 이야기하자며 냉랭하게 군다고 합니다. 아무리 다가서려고 해도 외면하고, 풀고 싶지만 이야기할 기회도 주지 않는다네요. 그 동료를 만날 때 힘들다고 했습니다. 그러다 보니 일을 할 때 실수도 더 많이 하게 된다고 했습니다. 회사를 그만둘까 싶었지만 근본적인 해결책이 아니라서 어떻게 해야 할지 고민이라고 말했습니다.

이런 상황에 처하면 정말 답답할 겁니다. 저도 수녀원을 그만두고 싶을 때도 있었지만 그건 답이 아니었습니다.

자신은 노력을 하는데 상대방이 배려를 안 하니 어찌할 바 모르겠고 난감할 겁니다. 제가 볼 때, 상대방은 대화해 봤자 당신과 대화가 안 된다는 생각을 가진 것은 아닐까요? 만약 그 사람이 서로의 가능성을 보고 이야기를 했더라면 그렇게 행동할 수 없었을 겁니다. 일말의 가능성도 없다고 여겼기에 그런 것입니다. 그냥 인간관계를 끊고 싶다, 너와 대화해 봤자 소용없다라고 여겼던 겁니다.

상대방의 마음을 정확하게 파악하려면 만나야 합니다. 무엇 때문에 화가 났는지 알아야 하니까요. 대체 나에게 무슨 유감이 있는지 그건 당사자만 아는 일입니다. 상대방은 그 사람이 왜, 무엇 때문에 화가 났는지 모릅니다.

단적인 예를 들자면 어떤 신부님과 일할 때 신부님이 저를 싫어

했습니다. 저는 이해가 안 갔습니다. 그 신부님은 제가 웃는 게 싫다고 하셨습니다. 나중에 신부님과 헤어질 때 알았습니다. 저는 진심으로 웃었는데 상대방은 가식적으로 웃는다고 생각한 겁니다. 그분은 제가 웃는 순간마다 기분이 나빴던 겁니다. 저는 좋아서 웃은 건데 왜 상대방이 화를 내는지 도대체 이해가 안 갔던 겁니다. 그리고 신부님이 말을 안 해 주니까 제가 왜 미움을 받는지 알지 못했습니다. 저는 신부님께 "오셨어요." 하고 웃으며 인사를 했는데 신부님은 화를 냈습니다. 그때 정말 당황스러웠습니다.

그분과 헤어질 때 알았습니다. 제 웃음이 위선적이라고 느꼈다면 당연히 화가 났을 법도 하다 싶었습니다. 그전에는 '내가 웃는 게 어때서 나에게 화를 내는 걸까. 웃는 게 죄일까. 비웃음도 아니고 반가운 마음으로 웃는데 그게 잘못인가.' 라고 수없이 생각했습니다. 그런데 상대방의 이야기를 들으니 비로소 이해가 되었습니다.

이렇듯 대화가 중요합니다. 상대방의 이야기를 들어야 무엇 때문에 화가 났는지 알고 풀 수가 있습니다. 대화하지 않으면 자신의 생각이 옳은 줄 알고 고정된 사고방식을 고수해서 상처가 깊어지죠.

이분의 사연은 참 안타까운데 그렇다고 상대방에게 마구 다가가면 부담스러워하니까 기다려 줘야 합니다. 왜냐하면 대화도 때가 있기 때문입니다. 감정이 증폭되어 있을 때는 대화가 안 됩니다. 한숨을 돌릴 수 있도록 해야 합니다. 그러고 나서 여러 번 시도했는데 안 되면 지금은 때가 아니라서 그런 거니 마음을 비우고 상대방을 위해 축복의 기도를 해 주면 됩니다. 놀랍게도 그러면 상대방이 변합니다.

악은 악으로 이기지 못합니다. 내가 악해지면 먼저 죽습니다. 악을 이기려면 악보다 내가 더 악하게 해야 하는데 자신의 영혼이 파괴되어 먼저 죽습니다. 제일 좋은 방법은 대화하는 것인데 말할 수 없으니 때를 기다려야 한다는 말입니다. 가장 강력한 기도, 즉 미운 사람을 위한 축복의 기도를 하는 겁니다.

기도하면 신기하게도 상대방이 변합니다. 저도 그랬습니다. 저와 정반대의 성향을 가진 신부님과 일할 때였습니다. 신부님이 저를 싫어했습니다. 제 딴에는 자신감 있게 표현한 것인데, 그분은 잘난 척한다고 생각하신 겁니다. 저는 안 그런 척했지만 사실 매우 위축되어 있었습니다. 그래도 겉으로는 활발하게 표현하며 잘 지냈습니다. 30분 만났어도 저는 10년 만난 것처럼 지냈습니다. 상대방은 이상했을 겁니다. 원래 대부분의 사람들은 시간이 오래 지나야 친해지는데 저는 10년 친구나 10분 안 사람이나 똑같이 대합니다. 그래서인지 저 수녀가 이상하다, 왜 친한 척, 아는 척하냐고 생각하는 분들이 종종 있습니다. 그래서 저는 그런 분들과 일할 때 무척 힘들었습니다.

제가 하는 축복의 기도가 있는데 그 당시 제 마음으로는 그분이 잘됐으면 좋겠다고 축복하기 어려웠습니다. 하지만 하느님께 진실한 마음으로 기도했습니다. '저는 속이 좁아서 축복하기 싫어요. 하지만 당신께서 당신의 사랑하는 아들 축복 많이 해 주세요.' 그랬습니다. 사실 제가 주는 축복이 얼마나 되겠어요. 그런데 하느님은 통이 커서 그분께 축복을 주셨습니다. 정말 놀라웠습니다. 기도하니까 제 몸에서 독소와 긴장이 빠져나갔습니다. 기도가 성공한 것입니다.

이런 축복의 기도는 자신의 마음을 진실하게 말하는 것이기 때문에 힘들지 않습니다. 기분도 좋아지고 3개월 정도만 하면 불편한 사람을 보면서 웃을 수 있는 여유가 생깁니다. 그 사람을 만날 때 긴장하게 되어 독소가 생기는데, 기도하니까 독소가 빠지고 상대방이 나를 보고 웃는 겁니다. 혹시라도 나를 힘들게 하는 사람이 있으면 축복의 기도를 해 보세요. 그러면 상대방이 바뀝니다. 그리고 나도 바뀝니다. 놀랍게 둘 다 건강해집니다. 둘 다 웃습니다.

요즘 웃음 치료사로서 저는 늘 축복의 기도를 합니다. 운전을 하는데 자동차가 끽 하고 아무 때나 끼어들면 생명의 위협을 느끼고 짜증이 납니다. 그럴수록 화를 내는 게 아니라 끼어든 자동차 운전자를 강복해 주는 겁니다. 난폭 운전을 하는 사람도 도와 달라고 기도하는 겁니다. 그렇게 긍정적인 마음을 쓰면 상대방도 웃고 나 자신도 웃을 수 있습니다.

제가 웃음 강의를 할 때 많은 분들이 함께해 주십니다. 웃음 강의를 들으면 기분이 좋아져서 화가 풀린다고 합니다. 화가 날 때 웃으며 웃음 강의를 듣는 일. 그렇게 웃음 강의를 듣는 분은 하는 일이 잘 되어 행복해집니다. 행복해지면 스트레스가 날아갑니다. 스트레스가 쌓일 일이 없는 것이죠.

웃음 강의를 듣는 부모가 웃어 행복해 하면 아이들도 행복합니다. 또 웃으며 웃음 강의를 듣는 아이들이 웃으면 부모도 행복합니다. 내가 행복하면 나를 보는 상대방도 행복합니다. 나 자신이 불편하면 조금 안 좋은 일이 벌어져도 금세 짜증이 납니다. 웃어 보세요. 늘 기분 좋게 웃고 또 웃어 보세요. 길가에 핀 꽃과 파란 하늘도 예쁘다고 생각하세요. 그리고 콧노래를 부르세요.

누가 째려봐도 상관하지 말고 행복하게 웃어 보세요. 자신이 행복하게 웃으면 상대방도 따라서 웃습니다. 먼저 웃겠다는 마음을 먹어야 합니다. 상대방이 먼저 웃으면 내가 웃음이 나듯이, 상대방이 행복해 하면 나도 행복하듯이 웃음으로 행복이 커집니다.

또 하나. 밉고 싫은 사람일수록 칭찬해 주는 게 필요합니다. 칭찬은 고래도 춤추게 한다고 합니다. 문득 라디오 진행을 하면서 접한 결혼 5년차 주부의 하소연이 떠오릅니다. 남편은 사업가라고 했습니다. 부족한 게 없어 보이지만 시댁의 근심 덩어리인 시아주버니가 마음에 걸린다고 했습니다. 그 주부의 말에 의하면 아주버니는 마흔 중반의 미혼이고 예의가 없는데다가 깐죽거린다고 합니다. 그녀는 무척 괴롭다고 했습니다.

차례 준비를 하고 오랜만에 만난 친척들과 이야기하는 자리에서 남편이 시아주버니의 눈치를 계속 보았다고 합니다. 안하무인인 그를 보니 스트레스가 쌓인다고 했습니다. 한편으로는 불쌍하기도 하지만 다른 한편으로는 어이없는 행동이 이해가 안 간다고 합니다. 그리고 그를 이해하는 시댁 식구도 한심하다는 것입니다.

저희 집도 외삼촌이 알콜 중독자에 미혼인데 70세입니다. 저는 어릴 때부터 삼촌이 없는 세상을 꿈꿨습니다. 삼촌 때문에 정말 힘들었습니다. 외할아버지가 일찍 돌아가셔서 어머니가 돌봤습니다. 삼촌은 주사가 매우 심했습니다. 술에 취하면 늘 어머니에게 언성을 높이고 유리창을 깨고 그러니 얼마나 무서웠는지 모릅니다. 도망가도 찾아오고….

삼촌이 아니었으면 집을 몇 채 샀을 거라고 어머니가 그랬습니다. 저는 삼촌이 죽었으면 좋겠다는 생각을 수없이 했습니다. 이렇게 무섭고 괴팍한 그를 어머니가 데리고 마음에 지고 삽니다.

저와 마찬가지로 그분도 아주버니와 부딪치는 게 쉽지 않을 겁니다. 그렇다고 며느리 입장에서 가타부타 말할 수도 없을 것입니다. 최대한 자신의 마음을 다스려야 합니다. '이런 사람도 있지.' 하고 마음 한편에 넘겨 놓고 흘리는 게 좋습니다. 그걸 자꾸 생각하면 자신만 괴로우니까요.

어쩔 수 없는 일은 흘리고 가볍게 여기는 겁니다. 이미 있는 걸 어쩌겠습니까. 경험하고 싶지 않아도 경험해야 할 일이니까 받아들이는 게 편합니다. 대신에 '흔들리지 말자.' 생각하면서 마음을 다잡아야 합니다.

쉽지 않을 겁니다. 명절에는 가족 전체가 모이니 행동을 조심해야 합니다. 나름대로 뭐든 열심히 해도 달갑지 않은 말을 듣기도 합니다. 속상할 것입니다. 그런데 아주버니까지 힘들게 하면 정말 명절이 즐겁지 않을 겁니다.

하지만 그런 아주버니로 인해 마음이 흔들리면 가정의 평화가 깨집니다. 이럴 경우에는 스스로 내공을 키우는 수밖에 없습니다. 아주버니를 봐도 편안히 넘길 수 있는 방법을 훈련하는 겁니다. '그래, 각자의 자유가 있어 말할 수 있지.' 그렇게 넘기고 자신을 칭찬해 주는 겁니다. '그래, 잘했다. 스트레스가 심했지만 잘 넘겼어.' 하고 말입니다.

또는 남편에게 위로의 말을 해 달라고 부탁하는 겁니다. 정말 잘했다고 말입니다. 오히려 아주버니에 대해 그러려니 생각하고 안 그러면 이상한 거라고 여기는 겁니다. 그분을 볼 준비를 단단히 하고 가셨으면 좋겠습니다. 내 할 일은 한다, 하는 마음으로 시집에 가야 합니다. 그러면 아주버니를 향해 웃을 수 있을 겁니다. 마음을 다잡으면 그 어떤 사람 앞에서도 웃을 수 있습니다.

저도 외삼촌 때문에 힘들었지만 일부러 그 앞에서 웃었습니다. 웃음을 이길 장사는 없습니다. 아무리 바르지 못한 행동을 했어도 가족입니다. 가족이니까 따뜻하게 품어 줘야 한다는 생각을 한 것입니다.

제가 웃으면 외삼촌도 웃습니다. 물론 그렇다고 외삼촌의 행동이 바뀌지는 않습니다. 하지만 서로를 보며 웃을 수 있다는 건 가족이기 때문에 가능한 일입니다. 아주버니의 좋은 점을 찾아보려고 노력해 보세요. 분명히 좋은 점이 있을 겁니다. 좋은 점을 발견했을 때는 스스럼없이 칭찬해 주세요.

관심이 있어야 제대로 된 칭찬을 할 수 있습니다. 입에 발린 칭찬이 아니라 그 사람을 정말 관심 있게 바라보고 좋은 점을 알아 적

재적소에 이야기하는 것입니다. 그럼 굳었던 마음이 풀어집니다. 자기 자신을 좋은 관점에서 보려는 사람에게는 계속 좋은 모습을 보이고 싶은 법입니다. 그러나 만날 때 까칠하면 더 미워집니다.

힘들게 하는 누군가도 잘 찾아보면 분명히 장점이 있습니다. 단점만 있는 사람은 절대로 없습니다. 단점만 보니까 단점만 있어 보이는 겁니다. 장점이 보이지 않는 것이죠. 장점을 슬슬 한두 개씩 기억하면 마음이 녹습니다. 미운 점만 있는 줄 알았더니 이런 좋은 점도 있구나 싶은 생각이 들 것입니다. 이렇게 칭찬하고 장점을 기억하려고 노력하는 것, 밉고 싫은 사람을 위해 기도를 실천하는 연습이 필요합니다. 이런 실천을 하겠다는 생각을 먼저 하는 자세가 중요합니다. 생각한 대로 행동하니까요.

우리는 자주 생각하는 대로 행동하게 됩니다. 의식적으로 노력해야 합니다. 일단은 미우니까 의식적으로 노력하는 겁니다. 하루는 장점 찾는 재미를 느껴 보세요. 오늘 우리 상사의 장점이 무엇일까. 오늘은 하나, 내일은 두 개. 이런 식으로 찾아보는 겁니다. 상사가 나름 괜찮은 사람이라는 생각이 들면 칭찬하며 알려 주세요. 상사는 그 칭찬을 기억합니다. 글이나 문자로 전하는 것도 좋은 방법입니다.

나와 사이가 좋지 않은 사람이어도 객관적으로 또는 발표하는 모습을 봤을 때 '괜찮은 사람이다, 잘한다.' 라는 생각이 들면 간단하게나마 칭찬을 메모하는 겁니다. 그리고 조용히 다가가 칭찬의 말 한마디를 건네 보는 것입니다. 사람들은 누구나 인정과 칭찬을 받고 싶어 합니다.

비판보다 칭찬을 더 많이 받으면 그 사람은 더더욱 좋은 면모를 드러냅니다. 단점을 보면서 힘들어하지 마세요. 밉고 싫다고 계속 밉고 싫은 점만 보지 마세요. 미운 점은 마음 저편에 미뤄 두고 좋은 점만 보는 게 중요합니다. 또한 좋은 사람에게는 칭찬하면서 '네가 좋아.' 라며 웃고 미운 사람의 좋은 점을 발견해서 "몰랐는데 이런 좋은 면모가 있으시네요."라고 칭찬하며 웃어 보세요. 누구나 사랑할 수 있는 마음이 생길 것입니다.

상대가 마음에 들지 않아도 인내하고 한 발짝 뒤로 물러나 양보하는 태도가 필요합니다. 낮은 곳에서 상대를 우러러 바라보는 마음으로 이해해야 합니다. 그것은 꾸준한 대화를 통해 이루어집니다.

따로 또 같이

라디오로 사연을 보내와 상담을 요청한 여성의 이야기입니다. 결혼한 지 5년째고 맞벌이 부부로 생활하고 있다고 했습니다.

저는 남편과의 갈등 때문에 힘들어하고 있습니다. 서른세 살에 지금의 남편을 만났습니다. 선한 눈빛과 맑은 심성을 가진 남편에게 첫눈에 반해 108일 만에 결혼을 했습니다. 아이가 생기기 전까지 가정, 부부 간에 별 문제가 없었습니다. 여느 신혼부부처럼 서로 애틋하게 사랑하며 각자의 일도 열심히 했습니다.

그런데 아이가 태어난 뒤로 상황이 바뀌었습니다. 너무나 사랑스럽고 예쁜 아이었지만 육아가 행복하기만 하지는 않았습니다. 친정과 시집이 멀다 보니 모든 일을 제가 혼자 감당해야 했습니다. 아이를 돌보기 위해 다니던 직장도 그만두고 온 마음을 다 쏟았지만 슬슬 지쳐 가기 시작했습니다.

이런 상황에서 저를 가장 힘들게 하는 사람은 남편이었습니다. 퇴근 후에 아이를 예뻐하는 것도 잠깐이고 아이를 목욕시키는 일, 아이를 돌보는 일은 모두 제 몫이었습니다. 남편은 기저귀를 가는 일, 아이가 열이 나 울어도 나 몰라라 코까지 골면서 잠을 잤습니다. 저는 그런 남편을 볼 때마다 분노가 치밀었지만 남편은 오히려 그런 저를 이해하지 못했습니다. 진작 말했으면 도와줬을 거라고 말하면서 스스로 알아서 저를 도와주지 않았습니다.

남편의 선한 마음과 비례하는 게으름은 저를 참을 수 없게 만들었습니다. 저는 아이를 키우기도 벅차고 다시 시작한 직장 일도 너무 힘들었지만 남편은 정말 여유로워 보인다고 말했습니다. 제가 폭발해서 한소리하면 남편은 슬슬 눈치를 보며 한 며칠간은 설거지도 하고 아이도 돌봤지만 제가 그럭저럭 편해 보이면 금세 게으른 모습으로 돌아가곤 했습니다.

요즘 저는 남편의 목소리만 들어도 짜증이 납니다. 느긋하다 못해 게으른 남편을 보면 속이 울렁거릴 정도입니다. 이혼 생각이 들 정도로 화가 나지만 그래도 아이 아빠인데 참아야지 하면서 하루하루를 살아가고 있습니다. 사는 게 고행입니다.

이렇게 남편을 원망하면서 아이를 돌보며 살아야 하냐고 묻는 그녀에게 저는 무슨 말을 해 줘야 할지 참으로 난감했습니다. 그녀는 남편을 개조하고 싶다고 했습니다. 이런 안 좋은 상황에서 얼른 벗어나고 싶다는 그녀. 마음에서 우러나오는 웃음을 짓고 싶다는 그녀가 매우 안쓰러웠습니다.

그녀에게 무슨 말을 해 줘야 할지, 솔직히 제가 해답을 드리기에는 어려운 상담이었습니다. 저는 아이와 남편이 없기 때문입니다. 저는 아기를 볼 때마다 천사같이 예뻐서 엄마들은 참 좋겠다고 생각했습니다. 하지만 그녀가 겪고 있는 갈등이 매우 안타까웠습니다.

조카를 돌봤던 경험을 떠올려 봅니다. 조카가 우는데 형부와 언니는 아이를 돌보지 않았습니다. 그래서 제가 초등학교 6학년 때 새벽에 일어나서 두 시간 동안 왔다 갔다 하며 아이를 얼렀던 적이 있습니다. 엄마 아빠가 둘 다 지치니까 아이를 돌보지 않은 겁니다.

저는 아이를 낳으면 아이가 너무 예쁘고 사랑스러워서 키우는 데 힘이 하나도 들지 않을 거라고 생각했습니다. 그러나 이 상담을 하면서 진짜 이게 문제구나 하는 어려움을 느꼈습니다. 아이가 좀 커서 대화가 되면 엄마가 뭔가를 할 수 있지만 지금은 우는 것으로만 의사 표현을 하니 말입니다.

어렵죠. 아이는 혼자 낳은 게 아닌데 혼자만 키우면 억울합니

다. 같이 일하는 입장인데 함께 돌보는 게 당연합니다. 당연히 그래야죠. "진작 이야기를 하지, 왜 나중에 이야기해."라고 하면 얄밉습니다. 차라리 미안하다고 하는 게 낫습니다.

남자와 여자는 많이 다른 것 같습니다. 남자는 꼭 이야기를 해줘야 압니다. 제 생각에는 이것 때문에 마음이 계속 다쳤다면 신중히 이야기를 해 주고 정확히 나누는 게 필요합니다. 이러이러한 것들은 내가 하기에 버겁고 당신이 해 주지 않으면 내가 죽을 만큼 힘들다고 솔직히 말해야 합니다.

가정의 평화를 위해서는 일단 엄마가 행복해야 합니다. 아이 때문에, 남편 때문에 스트레스를 받아서 극단적인 이혼 생각까지 하는 건 옳지 못합니다. 제가 이야기를 들었을 때는 이런 문제로 이혼을 생각하기도 하나 갸우뚱했습니다. 가끔 저에게 찾아오는 사람들은 극단적인 문제를 가지고 오는 경우가 많습니다. 육아 문제를 가지고 찾아오는 분은 드물었기에 이 문제가 그렇게 심각한지 몰랐습니다. 이야기를 들으면서 주부들이 이런 생각까지 하게 되나 싶었고 새삼 가볍게 생각할 문제가 아니라고 느꼈습니다. 남편이 성격이 나빠서 안 해 주는 게 아니고 보는 관점이 달라서 그런 것이니 조금만 이해해 보시기 바랍니다.

정말 게으른 남편은 알아도 일을 해 주지 않기도 합니다. 하지만 대부분의 남편들이 정말 아내를 사랑하지만 어떻게 할지 몰라서 해 주지 못합니다. 힘들겠지만 부부 간에 좀 구체적인 대화를 나눌 필요가 있습니다. "아이를 혼자 키우는 거 힘들다. 나도 일하고 있는데 지치고 힘드니 이러한 부분은 당신이 도와 달라."라고 말해서 구체적으로 일을 나누는 게 중요합니다.

남편이 기억할 수 있도록 요구 사항을 거울과 식탁에 적어서 붙여 놓으세요. 아기 기저귀 갈아 주기. 일주일에 한 번 목욕시키기. 남편의 아이 사랑법 이런 키워드별로 육아를 함께할 수 있는 방법을 자세히 알려 주세요. 그렇게 노력하면 원망으로 발전하지 않습니다. 과도하게 해 달라는 게 아니라 힘든 마음을 알아 달라고 당당하게 요구하는 것이니까요.

어련히 알아서 도와주겠지, 라고 생각하는 건 어리석습니다. 아빠가 아이를 돌보는 시간을 가지면 애정도 생기고 여러모로 좋습니다. 힘들기는 하겠지만 아빠가 아이를 씻기고 눈 마주치고 웃고 즐기며 함께 있는 시간이 많으면 아이의 정서에도 좋은 영향을 끼칩니다. 그런 장점을 남편에게 전해 줘야 합니다. 그리고 아이를 함께 기르자고 부드럽게 설득해 보세요. 반면 남편도 소외감을 느낄 수 있다는 사실을 기억해야 합니다. 아내와 함께하던 시간을 아이한테 빼앗겨서 서운할지 모릅니다.

가장 작은 공동체, 기본이 되는 공동체가 가정입니다. 특히 부부가 건강해야 합니다. 마음에 안 들어도 기다려 주고 한 발짝 뒤로 물러나 이해해 주는 태도는 어디에서든 필요합니다. 아래에 서서 상대방을 이해하는 마음으로 부부가 협력하면 평화가 옵니다. 가정이 건강하면 아이도 건강합니다. 절대 이혼은 안 됩니다. 꾸준히 대화를 해 보세요. 힘들 때 누군가에게 털어놓기만 해도 살아갈 힘을 얻습니다. 늪에서 살짝 건지기만 해도 빠져나올 힘이 생깁니다. 늘 답은 자기 자신에게 있습니다.

사람들이 저에게 가끔 물어봅니다. 어깨가 가렵지 않냐고요. 날개가 나와야 하는 것 아니냐고 합니다. 수도자가 천사인 줄 알지만 사실 그렇지 않습니다. 평범한 사람일 뿐인데, 하느님이 좋아서 조금 더 신의 뜻을 새기며 살아가려는 사람일 뿐입니다. 수도자인 제가 제시하는 방법은 딱 하나입니다. 웃어 보세요. 밉고 싫은 사람 앞에서 활짝 웃으시기 바랍니다. 미워하는 마음, 싫어하는 마음이 한결 정화될 겁니다.

남편과 아내는 하느님이 주신 선물입니다. 서로 알아서 만난 게 아니라는 말입니다. 하느님의 선물로 만나 한 몸을 이루고 살아가는 것입니다. 그렇기 때문에 사랑과 신뢰, 책임을 느끼며 살아야 합니다.

인내

경기도 이천의 모니카 씨는 얼마 전부터 마음이 무거운데 털어놓을 곳이 없어서 라디오로 사연을 보내왔습니다. 그녀는 결혼 9년 차이고 1남 1녀를 둔 주부입니다. 결혼 전에는 화려한 싱글이었는데 샐러리맨의 아내로 아이를 키우다 보니 긴장감도 없어지고 푹 퍼진 아줌마가 다 되었다고 합니다.

그런데 한 달 전부터 남편의 행동이 의심스럽다고 했습니다. 다른 여자를 만나는 것 같은데 두려워서 물어보지 못 하겠다고 했습니다. 남편은 제약 회사 영업 사원이라 접대 회식이 있어 술에 취해 들어오는 날이 많긴 하지만 지난 한 달간 심하다 싶을 정도로 외박이 늘었다고 했습니다. 저녁 때 일찍 들어와도 밖에 나가 전화를 받는 일이 잦았답니다.

의심스러워서 남편의 휴대전화를 보면 비밀번호가 걸려 있었다네요. 어떤 때는 남편의 옷에서 낯선 여자의 화장품 냄새가 난다고 했습니다. 남편은 바쁘다며 모니카 씨와의 대화를 피하고 요즘 들어 부쩍 아침에 일찍 나가 늦게 들어온답니다. 그러면 온갖 좋지 않은 상상만 하게 되고 분노가 치밀어 오른다고 합니다. 지금은 아이를 생각하며 버티고 있을 뿐이라고요.

남편의 외도는 아내에게 치명적인 아픔을 줍니다. 사실 참으로 많은 분들이 배우자의 외도를 상담하러 저를 찾아옵니다. 오셔서 처절하게 자신의 고통을 이야기합니다. 정말 한 사람에게 심리적, 영적, 육체적으로 충격을 주는 행위가 바로 외도입니다. 말할 수 없는 배신감을 주고 그동안 쌓아 온 신뢰가 산산이 무너집니다. 남자가 한 번 그럴 수 있지 하는데 이건 엄청난 고통을 초래하며 가정을 무너트리는 행위입니다. 외도한 입장에서는 어쩌면 한순간 저지른 실수라고 생각할 수 있을 것입니다.

가끔 외도한 남편 쪽 이야기를 들어 보면 기가 막힙니다. "수녀님, 다들 그렇게 살아요." 하는 분도 많았습니다. "안 들키면 다행이죠."라고 덧붙입니다. 자신이 이상한 사람이 아니라 남자들은 다 그렇게 산다고 정당화하는 겁니다. 물론 그렇지 않은 분도 많을 텐데 외도를 가볍게 여기는 남편들 때문에 다 그렇다고 오해를 받습니다.

저는 모니카 씨가 남편의 외도를 확인하지 않았으면 좋겠습니다. 만약 남편이 그랬다고 한다면 지금보다 마음이 훨씬 힘들고 불행할 테니까요. 그렇지 않다고 해도 지금 당장은 믿을 수 없는 일이니 모른 체했으면 좋겠습니다. 남편이 제자리로 돌아올 때까지 기다려 주는 게 나을 것 같다는 생각이 듭니다. 이 문제를 파헤치고 다그치면 남편이 더 엇나가지 않을까 싶습니다.

이런 경우 마음을 다스리세요. 웃어 보세요. 내가 좀 더 충실하겠다고 결심해 보세요. 남편에게 더 살갑게 다가가 보세요. 마음이 불편해서, 남편을 향해 웃는 것도, 따뜻한 눈길로 바라보는 것도 어려울 것입니다. 계속 눈초리가 날카로워지고 따가워질 겁니다.

심증만 있어도 그렇게 행동하게 됩니다. 물증이 없어도 그럴 것이라고 추측하면서 계속 의심의 눈초리로 봅니다. 남편의 사소한 행동 하나도 예민하게 느껴집니다. 그러면서 더욱 남편을 몰아세웁니다. 집에 왔을 때 아내가 이상한 눈초리로 쳐다보고 의심할 때 남편도 양심이 있으면 마음이 불편할 것입니다. 그런 상황에서 더 몰아세우면 서로 힘들어지니까 캐물어서 확인하기보다 너그러운 마음으로 지켜보고 신경 써 주는 게 중요합니다.

이런 상황이면 아무것도 손에 안 잡히고 계속 그 생각만 하게 됩니다. 아무리 마음을 위안하는 상담을 해 주고 좋은 이야기를 들려줘도 마음이 풀리지 않는다고 하소연합니다. 눈만 뜨면 계속 '지금 그 사람 바람 피고 있겠지.' 하는 생각만 난다는 겁니다. 잠도 오지 않는다고 합니다. 밥도 넘어가지 않는다고 합니다.

제가 만났던 한 여성은 고등학생인 딸이 있었습니다. 그 딸이 체육 시간에 사고로 죽었습니다. 그 괴로운 상황에 시집 측과 남편은 엄마가 딸을 못 지켜서 죽었다고 말했습니다. 엄마 실수로 딸이 죽었다고 한 겁니다. 엄마가 딸을 잃었으니 그 마음이 얼마나 아프겠습니까. 배 아파 난 딸인데 얼마나 애지중지했겠습니까. 그분 마음이 찢어지는데 그때부터 남편은 외도를 한 겁니다. 그야말로 방황이었을 겁니다. 정말 괴로웠을 것입니다. 남편은 외도하며 7,000만 원가량 돈을 쓰면서 늘 아내를 구박했습니다. 아내는 죽지 못해 살았습니다.

이분이 피정에 왔습니다. 피정에는 이틀 동안 웃는 프로그램이 있었습니다. 그런데 첫째 날은 계속 우는 겁니다. 남들은 웃는데 자신은 너무 아프고 고통스러운지 엉엉 우는 겁니다. 다른 사람들도 같이 울었습니다. 그분 얼굴에 슬픔이 가득해서 다들 끌어안고 울었습니다. 그런데 놀라운 기적이 일어났습니다. 그분이 이틀 후 웃은 겁니다. 하하하 깔깔깔 웃으며 피정을 끝낸 것입니다.

이분이 피정을 마치고 집에 갔는데 그날도 남편은 여지없이 술에 취해서 술집 아가씨와 함께 오더랍니다. 벌건 대낮에 말입니다.

그런데 이전 같으면 큰소리를 쳤을 텐데 피식 웃었다는 겁니다. 그것도 모자라 다가가 인사하며 “아이고 서방님, 술 드시느라고 얼마나 고생이 많았어요. 제가 꿀물 타 줄까요.” 그랬답니다. 그랬더니 옆에 있던 여자가 기겁을 하고 도망가더랍니다. 남편은 이 여자가 왜 이러냐는 표정으로 놀라서 쳐다보고 있었다고 합니다.

그렇게 이날을 넘기고 이분은 피정 때 배운 대로 웃었습니다. 계속 웃었다고 합니다. 웃었더니 남편이 변하더랍니다. 10월에 피정을 왔는데 해를 넘기고 2월, 이분이 제게 말했습니다. 결혼하고 난생처음 남편과 외식을 했다는 겁니다. 남편이 잘못했다고 말하며 나랑 살아줘서 고맙다고, 사랑한다고도 했다고 합니다.

그리고 저를 찾아왔습니다.

“수녀님, 제가 평생 듣고 싶은 말을 다 들었어요. 미안해. 사랑해. 고마워. 저 기절하는 줄 알았어요.”

반면 또 다른 여성분은 남편이 바람난 사실을 알고 그만 화병으로 죽었습니다. 생각 잘하셔야 합니다. 바람은 남편이 폈는데 왜 부인이 죽어야 하나요? 감정 조절을 잘해야 합니다. 기도하고, 웃음으로 여유롭게 상황을 넘기는 게 최선입니다.

제가 아는 수녀님께 들은 이야기입니다. 한 여성이 남편의 외도로 울면서 매일 전화를 했다고 합니다. 그래서 수녀님이 그러지 말고 우리 기도하자고 달랬습니다. 그렇게 1년 동안 집중적으로 기도를 했습니다. 수녀님은 새벽에 일어나서 그 가정을 위해 기도했습니다. 그분도 그때부터 기도했습니다. 남편과 바람 피는 여자를 위해서 축복기도를 했습니다.

악을 이기는 건 사랑입니다. 악을 악으로 대하면 못 이깁니다. 화를 악으로 풀려고 하면 몸은 망가지고 병이 듭니다. 죄는 남편이 지었는데 왜 아내가 죽어야 합니까. 정말 신기한 게 남편과 여자를 위해 기도를 했는데 기도하는 중에 그 여자가 꽃뱀으로 보이더랍니다. 그게 악인 겁니다. 그렇게 딱 1년 지나니까 남편이 알아서 돌아왔다고 합니다. 고백하기를, 이제는 남편 없어도 살 것 같다고 했답니다. 기도하면서 하느님과 사랑에 빠진 것입니다. 이제 수녀님께 전화를 하지 않고도 나름대로 행복하게 산다고 합니다.

제가 볼 때 모니카 씨는 가정을 좀 더 재미있게 만들어야 합니다. 남편이 집에 돌아오고 싶을 만큼 말입니다. 끊임없이 격려하고 자신을 이해해 주는 사람은 아내밖에 없다는 생각을 갖도록 애써야 합니다. 그렇게 남편이 바깥의 여자관계를 청산하고 돌아올 때까지 기다려 줘야 합니다.

잠시 잠깐의 바람, 실수 이런 일을 사사건건 헤집으면 버티어

낼 가정이 없습니다. 바깥에는 워낙 유혹이 많습니다. 기도하지 않는 남성은 한번쯤 유혹에 빠질 수밖에 없습니다. 그런데 아내가 기다려 주지 않고 너 죽고 나 죽자 하면 남편과의 사이에서 태어난 아이는 어떻게 되겠습니까. 지혜롭게 대처해야 합니다. 사랑으로 기도해야 합니다. 사랑하는 마음으로 피식 웃어야 합니다. 사랑이, 웃음이 승리할 것입니다. 웃음으로 너무나 유연해진 아내 때문에, 꼬치꼬치 따지지 않고 자신을 감싸 주는 달라진 아내 때문에 남편은 변할 수밖에 없습니다.

살면서 위기를 겪는 부부가 많습니다. 저는 가정이 살아야 이 세상, 사회가 산다고 생각합니다. 부부가 행복해야 아이들도 행복합니다. 그렇게 가정이 행복하면 세상이 행복합니다. 제가 얼마 전에 강의를 들었는데 굉장히 좋았습니다. 〈몸의 신학〉이라는 강의였습니다. 다시 한번 부부가 어떻게 만났는지 정립할 수 있었습니다.

많은 사람들이 창세기 3장부터 이야기를 합니다. 원죄가 들어온 다음부터 어떻게 예수님이 오셨는지에 대해 말을 많이 합니다. 강의에서는 창세기 1, 2장을 강조합니다. 창세기 2장을 보면 아래와 같이 씌어 있습니다.

주 하느님께서는 사람 위로 깊은 잠이 쏟아지게 하시어 그를 잠들게 하신 다음, 그의 갈빗대 하나를 빼내시고 그 자리를 살로 메우셨다. 주 하느님께서 사람에게서 빼내신 갈빗대로 여자를 지으시고, 그를 사람에게 데려오자, 사람이 이렇게 부르짖었다.

"이야말로 내 뼈에서 나온 뼈요, 내 살에서 나온 살이로구나! 남자에게서 나왔으니 여자라고 부르리라."

그러므로 남자는 아버지와 어머니를 떠나 아내와 결합하여 둘이 한 몸이 된다. 사람과 그 아내는 둘 다 알몸이면서도 부끄러워하지 않았다.

하느님께서 아담에게 하와를 지어 주신 이유는 그가 홀로 있는 게 좋아 보이지 않아, 행복해 보이지 않아서였습니다. 아담의 갈비뼈로 하와를 만들고 그를 아담에게 데려오자, 라는 말은 하느님이 하와를 선물로 아담에게 주었다는 뜻입니다. 당신이 직접 빚은 아담이 혼자 있는 게 안쓰러워 짝을 데려다 준 것입니다.

즉 하느님이 주신 선물이 바로 아내이고 남편이라는 겁니다. 남편과 아내는 하느님이 준 선물입니다. 내가 그냥 내 마음대로 가지는 게 아니라 하느님으로부터 받은 선물입니다. 중요한 것은 둘이 한 몸, 한마음이 되어 살아갈 때 하느님이 그 안에 거하신다는 겁니다.

하느님께 가는 통로가 남편과 아내인 겁니다. 가장 거룩하게 체험할 수 있는 곳이 가정이고 부부 관계라고 말하고 있습니다. 서로가 자기의 신원에 대한 의식이 없다 보니 아내를 소유물로 여기는 사람이 있습니다. 그러나 아내는 소유물이 아닙니다.

내 것이 아닌데 아내를 아무렇게나 대하는 분들. 외도하고 폭행하는 분들. 그래 놓고 가정만 지키면 됐지 뭐가 문제냐, 내 부인 내가 때리는데 누가 뭐라냐고 말합니다. 그런데 우리는 누구의 것이 아닙니다. 자녀도 내 것이 아닙니다. 내 것이면 마음대로 할 수 있다고 생각합니다. 그래서 마음대로 하기도 하고 요구하기도 합니다. 그러나 배우자는 내 것이 아닌 선물입니다. 우리가 선물 받을 때 준 사람의 마음을 기억하나요, 하지 않나요?

만약에 제가 누군가에게 선물을 받는다면 선물도 중요하지만 선물을 준 사람의 마음도 헤아려 봅니다. 내용물이 무엇이든지 간에 선물을 받은 것이 참 고맙고 그 사람의 마음을 생각하게 됩니다. 감사히 받고 잘 사용하겠다고 합니다. 마찬가지입니다. 아내가 내 것, 남편이 내 것이 아닙니다. 우리가 그냥 만난 게 아니라 하느님이 개입하고 데려다 주신 겁니다.

선물을 준 사람의 마음을 헤아려야 합니다. 하느님이 왜 내게 남편을, 아내를 선물해 주었을까요. 그분의 마음을 헤아리면서 어떻게 더불어 하나가 될까 고민해야 합니다. 말 그대로 알몸이면서 부끄러워하지 않았다는 것은 둘 다 진실하고 순수하게 만났기 때문입니다.

가장 긴밀한 사이가 부부입니다. 머리부터 발끝까지 보이는 모든 것을 공유하고, 서로 가장 많이 아는 사이입니다. 그런데 때로 감출 건 감춰야 한다고 말하는 부부가 있습니다. 그분들은 서로 사랑한다고 말하지만 상대방을 깊이 신뢰하지 못합니다. 사랑한다고 말하면서도 남편을, 아내를 믿지 못합니다. 그런 분들이 꽤 많습니다. 거기서 빚어지는 왜곡된 모습이 얼마나 많겠습니까. 자녀는 그 영향을 고스란히 받습니다.

진심으로 깨달아야 하는 건 우리가 알아서 만난 게 아니라는 겁니다. 하느님의 선물로 만났다는 것, 그렇게 한 몸을 이루어서 삶을 일치하며 살아가는 것임을 깨달아야 합니다. 부부는 결코 너는 너, 나는 나로 살아선 안 됩니다.

아프고 힘들 때 웃음보다 큰 힘이 되는 것은 없습니다. 웃는 순간만큼은 고통을 잊을 수 있기 때문입니다. 웃음으로 치유되기 때문입니다.

슬픔 극복법

가까이에 있는 어떤 이가 죽어 가는 모습을 보는 건 무척 괴로운 일입니다. 제가 만난 또 한 분은 친구가 암에 걸려 고통스러워하는 모습을 보며 괴로워했습니다. 그녀의 친구는 작년에 그녀가 살고 있는 아파트로 이사 온 안젤라입니다. 그녀가 반장이어서 이사 온 안젤라에게 전화를 했답니다. 그런데 받지 않더랍니다. 반 모임이 있을 때마다 계속 거절하는 게 걸렸던지 안젤라는 나중에 자기가 유방암에 걸려서 항암 치료 중이라 몸이 아파 갈 수가 없다고 하더랍니다. 그 이야기를 듣고 참 미안했다고 합니다.

그렇게 둘은 차츰 친해졌고 수다와 기도로 서로 힘을 얻었습니다. 기도의 힘이 컸는지 안젤라는 변했다고 합니다. 머리카락이 많이 빠져서 외출도 안 했던 친구가 두건이나 가발을 쓰고 놀이터에도 나오고 반 모임에도 나왔답니다. 그 이후 안젤라에게 암세포가 사라졌다는 반가운 소식이 들렸습니다. 그런데 어느 날 그녀는 안젤라의 전화에 할 말을 잃었습니다.

"언니 저 암이래요. 다른 데로 전이된 거예요. 저 어떡하죠."

안젤라는 치료도 거부하고 깜깜한 방에서 하느님을 원망했습니다. 그녀는 조심스럽게 마음을 전했습니다.

"살면서 어려움 없이 하느님을 믿는 건 누구나 할 수 있어. 그러나 정말로 네가 하느님을 믿는다는 것을 보여 봐. 이럴 때 그분을 믿지 않으면 언제 믿어야 하는지 생각해 보자."

안젤라는 병원을 다시 찾았지만 심각했습니다. 살려 달라는 안젤라를 보며 그녀는 눈물을 흘렸습니다. 당장 수술을 받는 안젤라를 어떻게 위로해야 할지 몰라서 그녀는 괴로워하고 있었습니다.

환자를 볼 때마다 저도 마음이 아픕니다. 저도 병원에서 근무하며 환자의 고통이 얼마나 큰지 절절히 느꼈습니다. 가장 가난한 사람이 환자라고 생각했습니다. 그 어떤 사람보다 힘들 것입니다. 생사의 기로에 있는 환자에게는 어떤 것도 위로가 되지 않습니다. 그 처절한 고통을 보면서도 할 수 있는 일이 없습니다.

저도 한 환자를 보며 느낀 게 많았습니다. 병원에서 과장으로 근무하던 분이 있었는데 다른 환자의 암도 많이 고친 분이었습니다. 그런데 그분의 부인이 암에 걸린 것입니다. 부인의 병을 고치기 위해 안 가 본 나라가 없고 안 해 본 치료가 없는데도 낫지 않았습니다. 결국 부인은 하늘나라로 갔습니다.

그들 부부를 지켜보면서 참 깊은 감동을 받았습니다. 제가 봤을 때 부인은 몸이 퉁퉁 부어 있었고 무척 안 좋은 상태였습니다. 그런데 부부 사이가 참 각별한 겁니다. 보통 환자들은 아플 때 자식을 찾았습니다. 임종 때도 마찬가지입니다. 그런데 이 부인은 유독 남편을 찾는 겁니다. 남편 손을 꼭 잡고 한시도 떨어지지 않았습니다. 보통 떠날 때 80퍼센트가 나 잊고 잘 살라고 말하는데 그분은 자신을 절대 잊지 말라고 했습니다.

장례식장의 영정 사진 속 부인은 무척 아름다웠습니다. 제가 만났을 때만 해도 부인은 좀 통통했는데 영정 사진으로 보니 미인이었습니다. '남편이 잊을 수가 없겠구나.' 하는 생각이 들었습니다. 영정 사진 속의 부인이 환하게 웃고 있었습니다. 그때 다시 한번 깨달았습니다. 생사는 우리가 선택할 수 있는 게 아니라고…. 어쩌면 우리가 원해서 사는 게 아니라 영험한 힘이 우리를 창조하고 사랑으로 살아가게 하는 게 아닐까. 삶의 희노애락이 있는데 그 속에는 여러 가지 원인으로 인해 충격받고 고통스러워하며 때로는 기쁠 때도 있는 것입니다. 그것이 삶이라는 생각이 듭니다.

고통 앞에서는 그 어떤 것도 무력합니다. 그 상황을 스스로 받아들여 견뎌야 한다고밖에 말씀 드릴 수가 없습니다. 어떻게 하루하루를 사느냐에 따라서 사람의 마지막 모습이 달라집니다. 내일은 모릅니다. 어떻게 하면 오늘 기쁘게 웃으며 살지를 먼저 생각해야 합니다.

환자는 옆 사람이 북돋우면 힘내다가도 문득문득 주저앉습니다. 그럴 때마다 따뜻한 위로가 필요합니다. 등을 밀어주는 게 필요합니다. 오르막을 오를 때 누가 뒤에서 밀어주고 앞에서 끌어 주면 수월한 것처럼 말입니다. 아프고 힘든 사람, 지친 사람을 도와주면 치유되는 효과가 있습니다.

저는 웃음의 힘을 믿습니다. 같이 울어 주는 것도 중요하지만 함께 웃어 주는 것도, 환한 얼굴로 함께해 주는 것도 필요합니다. 지나치게 환자 주위 사람들이 우울해 하면 당사자가 더 힘들어합니다.

이전에 저는 암 환자에게 방문할 때 웃기는 이야기 몇 가지를 들고 갔습니다. 그러자 병실 분위기가 환해졌습니다. 많이 웃으셨습니다. 나올 때는 좀 민망했습니다. 명색이 수녀인데 이상한 이야기를 한 건 아닌가 하고 부끄럽기도 했습니다. 그래도 환자 분이 제가 웃기는 이야기를 해 주는 동안에는 고통을 잊고 환히 웃었습니다.

어떤 분들은 "수녀님, 저 웃기면 안 돼요. 저 수술했거든요."

"여기 꿰매서 더 이상 웃기면 안 돼요." 하고 손사래를 치기도 합니다. 그 순간만큼은 병을 잊은 채 웃고 있는 환자 분의 모습을 보면 저는 무척 행복합니다.

어떤 환자는 웃긴 이야기를 기다립니다. 그래서 제가 출근해서 가면 그분도 준비하고 있습니다. 저를 웃겨 주려고요. 저는 특히 아프고 힘들 때에는 웃음만큼 힘이 되는 게 없는 것 같습니다. 아프면 아플수록 더, 고통스러우면 고통스러울수록 더 웃어 보세요. 웃는 순간만큼은 환자라는 사실을 잊고 웃어 보세요. 아프고 고통스러워하는 사람이 곁에 있다면 웃을 수 있도록 저처럼 웃겨 주세요. 저를 불러 주셔도 됩니다. 제가 웃기러 달려가겠습니다.

어른이 아이와 소통할 때는 꼭 환한 웃음을 보여 줘야 합니다. 아이의 눈높이에 맞춰 순수한 웃음으로 대화해야 합니다. 그리고 사랑이 가득한 표정으로 따스하고 온화한 품을 내주어야 합니다.

슈퍼우먼

라디오 진행을 하면서 받은 사연 중에 가장인 한 남성의 이야기가 있었습니다. 아내가 결혼 전 약속과 달리 부부 중심의 삶이 아닌 아이 중심의 삶을 살고 있다며 갈등을 털어놨습니다. 아내가 다섯 살짜리 딸에게 무리한 교육을 시키고 자꾸 뭔가를 가르치려 든다는 겁니다. 어른들이 맞다고 생각하는 고정된 정서를 심어 주고 말입니다.

말하자면 밥상머리 교육이라면서 이제 진짜 교육이라는 것을 시작할 때가 되었다는 이유에서입니다. 이분은 결혼하면서 아내에게 나는 이 세상 끝나는 날까지 당신과 함께 부부 중심으로 살아가겠다고 말했답니다. 아이가 생겨도 아이 중심으로 살지 않겠다고 말입니다. 그렇다고 아이를 신경 쓰지 않는다는 것은 아니고 어디까지나 독립적으로 키우고 싶었다는 겁니다.

문제는 아내가 그때는 수긍했는데, 이제 막 자녀 교육에 들어가니 완전히 달라졌다는 겁니다. 이분이 보기에 아내는 자신의 삶을 버리고 자녀에게만 온 신경을 쏟고 있었던 모양입니다. 뭐든지 베풀고 해 주고 싶은 건 이해하지만 남편이 생각하는 자녀 교육은 젓가락질을 가르쳐 주는 거지, 밥을 떠먹여 주는 게 아니었다고 합니다. 아내가 아직까지 아이 대신 젓가락질을 해 준다는 건 진정한 교육이 아니라고 생각하는 겁니다.

아마도 가정에서 부부지간에 가장 큰 갈등은 육아 문제에서 비롯될 것입니다. 아이는 어릴 때 부모가 제대로 잡아 줘야 청소년기를 무탈하게 지냅니다. 그래서 부모의 역할이 굉장히 중요합니다.

저는 도밍고 청소년 센터장으로 일하고 있습니다. 덕분에 아이들을 많이 만납니다. 엄마 아빠의 역할이 얼마나 중요한지 아이들을 보며 절감하곤 합니다. 엄마 아빠가 행복하면 아이도 행복합니다. 그런데 엄마 아빠가 싸우고 대립하고 갈등하면 아이에게 좋지 않은 영향을 미칩니다. 왜냐하면 아이는 엄마 아빠를 따라 행동하기 때문입니다. 그래서 엄마 아빠가 행복해야 하는 게 가장 우선시되어야 하는 게 맞습니다. 그러면 아이가 엄마 아빠를 닮아서 행복해집니다. 아시다시피 아이가 행복해 하면 엄마 아빠는 그런 아이를 보면서 행복합니다. 그런데 자기 자신은 행복하지 않은데 아이한테 너는 행복해지라고 하면 아이는 행복을 배우지 못합니다.

이런 경우 어머니의 마음도 이해가 갑니다. 첫 아이니까 욕심도 생기고 잘해 주고 싶을 것입니다. 엄마 입장에서 아이를 볼 때에는 아이니까 뭐든 해 주고 싶을 겁니다. 걱정도 많이 될 겁니다. 넘어지면 어쩌나 싶고, 여차해서 아이가 넘어지면 얼른 일으켜 세워 주고 싶을 겁니다. 그러나 아이는 넘어지면서 서는 법을 배웁니다. 어렵게 서 봐야 달리는 방법까지 배울 수 있습니다. 넘어지지 않으면 배우지 못합니다. 그래서 혼자서 일어나는 법을 아이가 인내를 가지고 배울 수 있도록 엄마가 도와줘야 하는 것입니다.

그런 도움 이전에 엄마 아빠가 둘이 잘 지내는 게 가장 필요합니다. 정말로 엄마 아빠가 자신의 모습을 사랑하고 행복하다고 여기면 아이는 그 모습을 보고 사랑과 행복을 배우며 잘 자랍니다. 엄마 아빠가 행복한 기운을 아이에게 전해주지 않고 싸우고 다투고 갈등하면 아이는 그대로 느낍니다. 그래서 학교에서 그 스트레스를 풀려고 하다 보면 대인 관계가 틀어집니다.

부모는 협력해서 아이가 독립할 수 있도록 도와주는 존재일 뿐이지 아이의 삶을 대신하지는 못합니다. 어머니는 협력자입니다. 어머니가 일을 한다고 해서 아이에게 미안한 마음만 더해 주는 것은 옳지 못합니다. 순간순간 엄마의 마음을 표현해 주는 게 좋습니다.

제가 청소년들을 만나면서 느낀 건데 엄마가 일 때문에 자신을 돌보지 않는 것에 대한 미움이 있었습니다. 아이들은 엄마가 필요할 때 없어서 서운하다고 말합니다. 그건 엄마가 아이에게 애틋한 마음, 미안한 마음을 표현하지 못한 탓입니다. 엄마는 마음을 표현해 줘야 합니다.

"함께하고 싶은데 이런 상황 때문에 어렵구나. 서운하지. 정말 미안해."

이렇게 상황을 설명하면 아이는 이해합니다. 하지만 그 정도도 해 주지 않으면 매우 섭섭해 합니다. 아이는 엄마가 자신의 마음을 몰라서 섭섭합니다. 참 신기한 일입니다. 아이는 철이 없을 것 같지만 다 압니다. 진심은 통합니다. 이렇게 소통하면 아이는 엄마에게 잠깐은 섭섭하겠지만 상처를 받지 않습니다. 이야기하지 않으면 그게 상처가 되어 엄마를 미워하게 됩니다.

일하느라 육아를 제대로 하지 못한다는 분도 있었습니다. 이분은 사람들을 만나고 집에 오면 집 안이 엉망이라고 했습니다. 자신이 집안일을 잘 못해서 엉망이라는 겁니다. 육아는 더 심각하다고 했습니다. 예전에는 아이가 자신을 돌봐 주는 이모를 더 찾았는데, 요즘은 점점 더 엄마랑 책을 읽자며 떨어지지 않으려 한다고 했습니다. 이분은 집에 가면 직장 다니지 말고 육아에 충실해야 하는 게 아닌가 수없이 생각한다고 했습니다. 그런데 일도 참 재미있다는 것입니다. 두 마리 토끼를 잡느냐 마느냐 그것이 고민이었습니다.

저는 두 마리 토끼를 다 잡으라고 말씀드렸습니다. 집안일과 바깥일 둘 다 잘하는 것은 어렵습니다. 욕심 있는 여성들은 집안일과 직장 일 다 잘하고 싶어 합니다. 일명 슈퍼우먼 콤플렉스라고 합니다. 내가 너무 완벽하게 하려고 하면 스트레스를 받아 잘할 수 있는 일도 망치기 쉽습니다. 정확히 자신의 현실을 인정하고 편안하게 바라보는 게 필요합니다.

아이가 엄마와 유대 관계가 생기기 시작하는 4세가 되면 인격이 자리 잡습니다. 28개월부터는 생각을 하고 성격이 형성됩니다. 그래서 엄마의 역할이 중요합니다. 4세 이전에는 부모가 중요합니다. 딸이 엄마랑 같이 있고 싶어 하는데 현실이라는 벽에 가로막혀 있어 그러지 못합니다. 그렇다면 집에 있을 때에는 아이에게 사랑한다고 표현도 많이 하고 예뻐해 줘야 합니다.

엄마 아빠가 상황에 따라 말을 달리하는 것이 가장 나쁩니다. 아이들은 이해를 못합니다. 어떤 게 옳고 그른 건지 배우지 못합니다. 그래서 아이에게 말한 것에 대해서는 약속을 정확히 지켜야 합

니다. 못 지켰을 때는 꼭 해명을 해 주어야 합니다.

또 아이를 하나의 인격체로 존중해서 말해 주어야 합니다. 몸짓으로라도 아이를 존중하는 기운을 풍기며 말해 주면 존중한다고 말해 주지 않아도 엄마 아빠는 나를 존중하고 있다는 느낌을 본능적으로 받습니다. 마음가짐이 중요합니다. 아이가 뭘 알까 생각하는 게 아니라 아무리 어려도 이야기하면 이해해 주겠지 하고 여겨야 합니다. 엄마의 입장을 크면 알아 줄 거라고 생각하고 이야기하지 않으면 아이는 모릅니다.

모든 엄마들이 아이를 포기하지 못합니다. 자신의 이상형대로 키우려고 합니다. 그건 사실 욕심입니다. 사람은 각양각색 다양하게 존재합니다. 자녀가 잘하고 좋아하는 게 있는데 엄마가 그걸 발견해서 격려하면 더 재능을 살릴 수 있습니다.

자신의 재능이 돋보일 때 아이는 행복해 합니다. 그런데 많은 엄마가 그걸 못합니다. 아이는 춤추고 싶은데 엄마는 판사가 되라고 강요하는 겁니다. 아이도 엄마의 마음은 충분히 이해합니다. 어떤 부모가 자식이 공부 못하기를 바랄까 싶어서 열심히 하려고 노력합니다. 하지만 공감은 하면서도 열심히 하는 게 안 되는 아이들도 있습니다. 안 되는 걸 강압적으로 시키면 삐뚤어지니까, 안 하는 것만도 못하니까, 차라리 그냥 두는 엄마들도 있습니다. 두 경우 모두 아이들에게 상처를 줄 수 있습니다.

아이는 잘하는 것을 내려놓고 못하게 되면 삐딱해 집니다. 그리고 부모를 원망합니다. 미워하고 안 보려고 합니다. 아이가 무엇을 좋아하는지 찾고, 터놓고 이야기할 수 있도록 대화의 자리를 마련하면 술술 털어놓습니다.

제가 아는 한 친구는 사회복지를 전공했는데 너무나 노래를 하고 싶어 했습니다. 그 친구가 말하기를 엄마한테 "제가 이걸 포기하면 나이 들어 후회하고 슬퍼하며 살 것 같아요."라고 간절히 이야기했더니 걱정하시는 듯했지만 허락했다는 겁니다. 그 친구의 얼굴이 환하게 폈습니다. 그리고 엄마를 실망시키지 않겠다면서 본인 스스로 인생을 책임지겠다고 결심하고 꿈을 이루기 위해 준비했습니다. 엄마께 누가 되지 않도록 최선을 다해 노력하는 모습을 보여 주고 있습니다.

조만간 방송에 나와 노래할 지도 모릅니다. 노래를 정말 잘하거든요. 그렇게 엄마와 아이가 협력했기에 자신 있게 자신의 길을 찾아가는 겁니다. 안 그랬으면 엄마가 원하는 걸 하는 척하면서 암암리에 자신의 길을 몰래 가느라 힘들었을 것입니다.

부모는 아이에게 자꾸 욕심을 내는 게 당연한 거지만 어느 정도는 내려놓아야 합니다. 바람이 크면 안 되는 걸 알면서도 욕심을 내게 되고 욕심을 내면 낼수록 일은 틀어집니다. 아이도 엇나갑니다.

제가 만약에 수녀가 되지 않고 결혼을 해서 아이를 두었다면 아이가 학교에 가지 않겠다고 말할 때 아마 때려서라도 가라고 꾸짖었을 것입니다. 하지만 수녀가 되어 아이들을 많이 만나 보고 그들을 이해하게 된 지금은 아이가 왜 학교를 가지 않으려 하는지 대화한 다음, 정말 고통스러워 한다면 다른 길을 찾아 줄 것입니다. 대안 학교도 있지 않습니까. 신명 나게 가르쳐 주는 곳이 많습니다. 학교가 인생을 다 가르쳐 주거나 아이가 가야 할 길을 제대로 제시해 준다고 볼 수는 없습니다.

도밍고 청소년 센터에 있으면서 많은 체험을 했습니다. 이중에 의정부에 있는 한 아이의 이야기가 생각납니다. 아이는 공부를 잘했습니다. 아이가 고등학교에서 뭘 배우는지 다 알기 때문에 더 배울 게 없다며 자퇴를 한 겁니다. 그래서 어머니가 저를 찾아왔습니다. 어떡하냐고 하소연을 했습니다. 제가 그 아이를 만나 봤습니다.

대화를 해 보니 아이는 반듯했습니다. 주관도 뚜렷하고 생각도 바르며 소신도 있었습니다. 처음에 저는 회유했습니다. 하지만 이 아이는 단호했습니다. 아이는 나름대로 계획이 있다고 이야기했습니다. 1년 후에 아이의 엄마로부터 전화가 왔습니다.

"수녀님, 제 아이가 대학에 들어갔어요. 자기가 좋아하는 피아노를 몰래 배웠었나 봐요. 1년 만에 좋아하는 걸 배워서 다른 애들보다 1년 먼저 대학에 들어갔어요."

신명 나게 피아노 치며 학교에 잘 다닌다는 소식이었습니다. 아이가 좋아하는 걸 하면 일류가 될 수 있습니다.

이렇게 아이와 소통할 때 꼭 보여 줘야 할 게 있습니다. 웃음입니다. 아이에게 맞춰 아이다운 순수한 웃음으로 대화하는 겁니다. 아니면 내가 너를 사랑하고 있다는 표현인 아주 따스하고 온화한 웃음을 건네세요. 아이를 이해시키기에 가장 좋은 방법이 웃음입니다.

육아는 힘듭니다. 하루 종일 일하고 들어온 엄마들은 업무에 시달려 피곤해서 웃기가 쉽지 않습니다. 하지만 아이를 위해, 자신을 위해, 가정의 미래를 위해 노력해야 합니다. 아이를 존중하는 마음으로 대화하면서 환하게 웃음을 지어 주면 아이는 사랑받고 있다고 느낄 겁니다. 엄마의 마음을 이해해 줄 겁니다.

아이가 뭘 원하는지, 무슨 일을 하고 싶어하는지 배려해야 합니다. 그리고 진심으로 웃으며 아이가 원하는 길로 갈 수 있도록 도와야 합니다. 자녀 교육이 버겁다고 생각하지 마세요. 엄마가 필요한 아이에게 제대로 사랑을 주지 못하고 있는 건 아닌지 마음 아파하지도 마세요. 웃음으로 아이와 교류하세요. 사랑을 나누세요. 그러면 자녀 교육의 길이 보일 겁니다. 아이와 엄마 모두 행복해질 것입니다.

부드러우면서 노련한 대화가 필요합니다. 정확한 의사 표현을 하지 않으면 상대는 내 마음을 알지 못합니다. 대화를 통해서 우리는 서로의 입장 차이를 이해합니다. 그리고 받아들입니다.

완전한 자립

사랑이라는 이름으로 많은 사람들이 집착하며 살아갑니다. 이 때문에 힘겨워하는 한 분이 생각납니다. 마흔세 살인 한 남성이 아직도 어머니의 집착 때문에 힘들다며 연락해 왔습니다. 이분은 아이가 둘인 가장입니다. 그런데 어머니가 아직도 일거수일투족을 감시한다고 했습니다. 그리고 자신의 인생에 관해 뭐든 다 어머니 마음대로 하려고 한다고 이야기했습니다. 대학도, 직장도, 결혼도 모두 어머니 뜻대로 결정했다고 합니다.

지금 다니고 있는 직장도 어머니가 정해 주었는데 마음에 들지 않는다고 했습니다. 어머니에 대한 분노가 무척 커 보였습니다. 누군가 어머니에 대한 이야기만 해도 경기를 일으킬 정도로 과민 반응을 보였습니다. 보다 못한 아버지와 아내가 어머니에게 귀띔을 해 주었지만 두 사람의 관계는 호전되지 않았습니다.

정말 마마보이로 살아가기는 힘듭니다. 그렇다고 어머니를 변화시키는 일도 쉽지 않습니다. 사람과 사람 간에는 협력하는 과정이 필요합니다. 이분의 경우 절실해 보였지요. 끊임없이 부딪히고 아픔을 겪어 내며 용기 있는 사람으로 변해야 한다는 생각이 들었습니다. 그래야 진정한 독립이 가능할 것 같았습니다.

대개 어머니들은 자식의 인생에 관여하는 것이 집착이라는 사실을 알지 못합니다. 그것이 사랑이라 생각합니다. 이렇게 말하는 어머니들은 자식을 위해 최선을 다하는 것처럼 보이지만 실상 자식을 독립시키는 것은 아닙니다. 자식을 마마보이로 만드는 어미니들이 입을 모아 하는 말이 있습니다.

"나중에 네가 내 나이가 되면 엄마의 마음을 이해하고 고마워할 거야."

하지만 그것은 착각입니다. 아무리 자식이라 해도 엄마와 똑같지 않습니다. 자식을 고유한 존재로 인정해 주어야 합니다. 자신이 좋아한다고 상대도 그것을 좋다고 할지는 장담할 수 없기 때문입니다. 하다못해 쌍둥이도 성격이 다릅니다. 부모와 자라온 환경이 같은데 서로 성격이 다릅니다.

저는 1남 4녀인 집안에서 태어났는데 형제자매가 모두 성격이 다릅니다. 당시 어머니께서 처했던 환경에 따라 남매의 성격차가 생긴 것입니다. 어머니가 저를 가졌을 때 아버지께서 편안하게 대해 주셨다고 합니다. 그래서 그런지 가족 중에 제가 성격이 가장 무난합니다. 그런 저를 보며 어머니께서 늘 하시는 말씀이 있습니다.

"엄마는 우리 아가다만 같으면 열 명도 키우겠어."

저는 셋째 딸입니다. 셋째 딸은 얼굴도 안 보고 데려간다고들 합니다. 첫째는 맏이라는 이유로 사랑받을 만한 조건이고, 막내는 어려서 부모님이 많이 챙겨 줍니다. 중간은 성격이라도 좋아야 부모님으로부터 사랑받을 수 있습니다. 그러기 위해서는 잘 웃고 애교도 부리며 사회성이 좋아야 합니다.

아들에게 집착하는 어머니를 바꿀 수 없다고 해서 체념하고 사는 건 옳지 못합니다. 바꾸려고 서로 노력해야 합니다. 나이가 마흔이 넘었으면 부모로부터 완전한 독립이 이루어져야 합니다. 부모 품을 떠날 때가 지났는데도 갇혀 있으면 안 됩니다. 힘들어도 지혜롭게 독립해야 합니다. 순간 어머니가 섭섭함을 느껴도 서로를 위해 독립은 필요합니다. 어머니의 집착을 내려놓게 하는 것이 독립할 수 있는 빠른 길입니다. 물론 가족이 하기엔 힘든 일일 수도 있습니다. 관계가 더 엉켜 버릴 위험이 있기 때문입니다.

이런 가족 간의 문제로 치유 피정에 오시는 분들이 많습니다. 한 남성이 피정에 오셨는데 알고 보니 부인이 아무 말 없이 그냥 보낸 것이었습니다. 피정 내용을 모른 채 말입니다. 하지만 그분은

5박 6일의 피정 기간 동안 울고 웃으며 피정을 잘 마치고 집으로 돌아갔습니다. 그리고 얼마 지나지 않아 연락이 왔습니다. 우울증이 있었던 그분의 정신 건강이 많이 좋아졌고, 결혼 생활 25년 만에 부부가 대화에 성공했다고. 자신이 할 수 없었던 일을 피정을 통해 이룬 것입니다.

이렇듯 독립하고자 하는 40대 남성분도 어머니와의 대화를 통해 문제를 풀어 가야 하는 게 옳은 것 같습니다. 어머니는 그것이 아들을 사랑하는 최고의 방법이라 여겨서 집착을 놓는 순간 죽을지도 모른다고 생각할 수도 있습니다. 내려놓으면 모자가 모두 편한데 내려놓기란 참 힘이 듭니다. 어머니는 지금 자식에 대한 사랑을 포기할 수 없기 때문에 주변의 어떤 조언도 귀에 들어오지 않을 것입니다.

3년째 피정을 지도하는 저에게 많은 분들이 도움을 받고 갑니다. 성령과 웃음으로 치유하는 과정이기 때문입니다. 같은 팀이 서로를 치유합니다. 공동체 안에서 다른 사람의 사례를 듣고 자신을 객관적으로 판단하고 스스로 치유하는 것입니다. 이때 자녀들은 어른들의 이야기를 통해 부모를 이해하게 되고 부모는 자녀를 통해 이해합니다. 지금까지의 교육을 돌아보고 깨우치는 시간인 것이지요. 이것이 공동체가 주는 축복이라고 생각합니다. 스스로 잘

못한 부분이 하나도 없고 모두 옳다고 생각할 때는 변화하지 못합니다.

독립하지 못하는 남성과 같은 경험을 한 많은 분들이 속병을 앓고 있습니다. 그러나 용기를 가지고 자신의 입장을 부모에게 말하고 기도하면서 현실을 볼 수 있도록 해야 합니다. 잠시 부모님이 서운해 해도 정신적인 독립부터 시작해야 합니다.

부모와 자식 간에 남은 삶은 모두 자신을 위해 쓰는 게 옳다고 생각합니다. 각자 고유한 삶이 있기 때문입니다. 사람들은 자신의 삶을 누릴 때 행복합니다. 그것을 깨닫고 나면 집착을 놓을 수 있습니다. 어린아이가 구슬을 마치 보물인 것처럼 손에서 놓지 않듯 부모도 자식이 보물처럼 느껴지기 때문에 놓지 못하는 것일 겁니다. 그래서 더더욱 깨달아야 합니다. 소유욕에서 벗어나야 하는 것이지요.

아니라는 것을 알면 부여잡지 않습니다. 시간이 걸리지만 변화합니다. 어머니로 인해 상처받은 가족들도 화해해야 합니다. 분노가 가득 차 있으면 조그만 일에도 금방 화를 냅니다. 이 분노의 에너지가 커지면서 많은 사람들이 다치기도 합니다. 그래서 내적인 힘을 키워야 하는 것입니다. 내적인 힘을 키우기 위한 가장 좋은 방법은 바로 웃기입니다. 어머니를 보고 웃어 주세요. 자식의 인생에 간섭

하려고 하면 할수록 계속 웃어 주는 겁니다. 이렇게 말하면서요.

"어머니, 저는 괜찮습니다. 잘할 수 있어요. 믿어 주세요."

어머니 또한 이런 자식의 모습을 보면 웃고 말 겁니다. 실없는 자식이라 생각할지도 모르지만 그래도 계속해서 웃는 모습을 보이며 어머니가 변하도록 노력해야 합니다. 자식이 잘할 수 있다고 믿어 달라고 하는데 계속 집착을 내려놓지 못하고 고집을 피우지는 못하실 겁니다. 어머니도 같이 웃으며 진정으로 자식을 독립시킬 준비를 차츰 해 나갈 것입니다. 변화의 시간이 조금 오래 걸린다고 해도 어머니가 상처받지 않도록 지속적으로 노력해야 합니다. 웃으며 설득하세요.

한 여성도 라디오를 통해 답답한 심경을 털어놓았습니다. 부부를 넘어서 시댁 전체의 갈등으로 번진 심각한 문제였습니다. 명문대를 졸업한 여성이 어머니의 반대를 무릅쓰고 고등학교만 졸업한 지금의 남편을 만나 결혼했습니다. 고등학교 때 돌아가신 아버지의 빈자리가 컸던 여성은 5남매의 막내로 다복한 가정에서 자란 남편에게 의지했습니다.

남편은 자신의 일을 잘했고 이 여성도 대기업에 다니고 있었기에 경제적으로 큰 문제는 없었습니다. 그런데 결혼 1년 후 친정어머니가 염려했던 일이 현실로 드러났습니다. 어느 날 갑자기 남편은 회사를 그만두고 사업을 하겠다고 나섰습니다. 아내가 번 돈으로 식당을 하자고 제안한 것입니다. 그때 아내는 남편의 무능함을 반대했던 친정어머니 말씀이 생각났다고 합니다.

시부모도 남편의 어리광을 다 받아 주면서 며느리인 이 여성에게는 돈을 조금 준다고 타박을 했다고 합니다. 부부는 서로 돕고 살아야 하는데 2억이나 꿍쳐 놓고 주지 않는다고 계속 성을 냈다고 말입니다.

이 여성은 마음이 무척 복잡하다고 토로했습니다. 배 속에 아이도 있는데 어떻게 해야 하나 암담하다고 했습니다.

저는 이분의 이야기를 듣는데 마음이 무척 답답했습니다. 남편은 왜 그럴까? 돈이 없으면 일을 벌이지 말아야 하는 게 아닐까? 왜 계속 친정에서 돈을 빌려 오라고 요구만 하는 것일까? 여러 가지 의문이 생겼습니다. 이런 경우 어떻게 소통해야 할지 걱정스러웠습니다. 그런데 이와 비슷한 또 하나의 사연이 있습니다.

넉넉한 집안에서 태어난 한 주부의 남편은 판사였습니다. 큰 회사를 가진 집안의 딸이고 능력도 있었던 주부는 결혼 후 13년 동안 남편의 월급을 단 한 푼도 받아 본 적이 없다고 했습니다. 남편은 이렇게 말하며 아내에게 월급을 주지 않았습니다.

"너희 집 돈 많은데 내가 왜 월급을 너한테 줘!"

주부는 남편과 이혼하고 싶다며 저에게 찾아왔습니다.

이 두 예를 보면 경제적인 능력을 보고 사랑 없이 결혼한 부부라는 생각이 들었습니다. 남편이 아내에게 지속적으로 돈을 요구한다는 것은 가장으로서는 보일 수 없는 행동입니다. 남편으로서 가정을 부양하겠다는 책임감을 느껴야 합니다.

아내를 사랑해서 결혼했고 여전히 사랑한다고 말하면서 행동이 함께하지 않는다면 그건 사랑이 아닙니다. 사랑한다면 노력해야 합니다. 조그만 것이라도 최선을 다해 노력하는 모습을 보이면 아내는 남편을 다독이며 받아들입니다. 남편을 사랑하니까요.

그런데 간혹 남편 중에 아내가 돈을 잘 버니까 남편의 의무를 포기하는 분들도 있습니다. "네가 벌어. 네 돈이 내 돈이야."라고 노골적으로 말합니다. 그래서 이혼 위기에 처한 부부가 많습니다. 가톨릭의 가치관상 이혼은 있을 수 없는 일입니다. 하느님이 맺어 준 짝인데 갈라서는 일은 있어서는 안 됩니다. 결혼할 때 우리는 서약을 합니다. 주례 선생님 앞에서 아플 때나 어려울 때나 서로를 사랑하겠다고 맹세합니다. 그렇게 결혼했으면 책임감을 가지고 끝까지 부부가 함께하는 게 옳다고 생각합니다. 다만 결혼 후에 잘못된 행동을 고치며 살아야하겠지요.

남자는 결혼할 때 아빠, 남편의 역할을 어떻게 해야 하는지에

대한 인지가 필요합니다. 사랑하는 여자니까 같이 살고 싶다고 생각하는 게 아니라 그에 따른 막대한 책임감을 가져야 합니다. 가정을 지키기 위해 노력하겠다는 굳은 의지가 필요합니다. 물론 사람이 살다 보면 성공할 때도 있고 실패할 때도 있겠지만 중요한 것은 삶의 태도입니다.

사랑하는 사람이 아프거나 힘들어 하면 최선을 다해 돌봐야 합니다. 그렇지 않은 경우에는 남남이 되기도 합니다. 그래도 신앙이 있는 사람의 경우에는 기도하면서 잘 견디며 살아갑니다. 저희 어머니도 그러셨습니다. 아버지가 저희 가족을 돌보지 않아서 어머니는 늘 혼자 고생을 많이 하셨습니다. 저는 그런 아버지를 오랫동안 미워했습니다. 가장이 가족을 돌보지 않는 것이 이해되지 않았습니다. 아버지 혼자 즐겁게 생활하며 가족의 아픔은 왜 모른 척하는지 정말 이해할 수 없었습니다. 그래서 무척 힘든 시기를 보냈습니다.

남녀가 결혼하겠다고 마음을 먹었다면 서로에 대한 인식이 필요한 것 같습니다. 부부가 서로 의지하며 믿음으로 살아가는 것도 좋겠지만 자신이 스스로 설 수 있는 완전한 자립의 의지도 필요할 것 같습니다. 지금은 조금 힘들어도 내일은 웃을 수 있을 거라 생각하고 서로 배려하며 행복한 미래를 설계해 나가야 합니다. 서로를 보며 웃어 주세요.

상대에게 자신의 의지를 표현하며 살아야 합니다. 자아를 잃어버리면 상실감이 무척 큽니다. 웃으며 자신을 드러내 보내요. 혼자 계속 인내하다 보면 상처 난 마음이 곪아 나중에는 치유할 수 없게 됩니다.

자유 의지

대구에서 사는 40대 초반의 주부는 남편의 우유부단한 성격 때문에 힘들다며 제게 편지를 보내왔습니다. 남편은 대학에서 학생을 가르치는 교수인데 학교에서는 위엄이 있는데 속은 그렇지 않다고 했습니다. 뭐든 결정을 내리는 걸 무척 어려워한다고요.

여름휴가를 가려고 할 때 생긴 일이라고 합니다. 휴가지를 결정하지 못해 고민하고 이것저것 예약이며 교통편을 알아봐야 하는데 남편은 너무 태평했습니다. 뭐든 결정을 내리는 걸 무척 어려워하는 남편의 성격 때문에 아내가 인터넷을 검색해서 알아봐야 했습니다. 그런데 휴가지를 다 알아보고 난 뒤 남편이 갑자기 휴가를 가지 않겠다고 했다는 겁니다. 심지어 아내가 자신을 여행 보내지 못해서 안달이 났다고 역정을 냈습니다. 그러면서 아내 혼자 여행을 가라고 말했다고 하더군요. 이런 일이 15년째 계속되고 있다고 합니다.

어느 때는 남편이 미안하다고 사과를 했다고 합니다. 그럴 때마다 아내는 자신의 마음을 남편이 알아주나 싶어 이해하곤 했습니다. 그런데 아내의 마음이 풀릴 때쯤 되면 남편은 또다시 변덕을 부렸다고 합니다. 남편의 기분을 맞추지 않으면 집안이 우울하고 온 가족이 힘들어져서 될 수 있으면 아내가 남편의 맞추려고 노력했습니다.

이제는 좀 지친다고 토로하는 아내는 남편의 변화가 절실하다고 도움을 요청했습니다. 그런 남편을 이해하도록 도움을 달라고 말입니다.

이야기를 다 듣고 저는 갈등이 심해진 이들 부부 사이에서 남편을 바꾸는 일은 어려울 것 같았습니다. 평상심을 잃은 남편을 한순간에 바꿀 수는 없기 때문입니다. 저 또한 제 모습 중에 마음에 안 드는 부분이 있지만 바꾸지 못하고 있습니다. 그러니 본인이 알아서 바꾸려고 노력하지 않는 한 힘든 일입니다.

먼저 자기 자신의 마음을 다스리는 게 중요합니다. 그리고 남편에 늘 맞추기만 할 게 아니라 본인의 의사 표현도 정확히 해야 합니다. 매사에 이런 식으로 감정의 기복이 심하면 쉽게 지칩니다. 어떤 방법을 써도 변하지 않으면 힘들게 마련입니다.

아내가 모든 일을 결정하며 남편에게 통보하듯 말하면 남편은 자신의 권위가 땅에 떨어졌다고 느끼게 됩니다. 몇 가지 방법을 제시하고 그중에서 선택은 남편에게 맡기는 것이 좋습니다. 그러면 비록 준비는 아내가 했지만 결정은 함께하는 방식이 되니까요.

제가 가장 많이 받은 오해가 있습니다. 그분들은 저를 오해하고 늘 이렇게 말했습니다.

"수녀님은 뭐가 그리 잘났어요?"

사실 저는 열등감이 많습니다. 실수를 하지 않으려고 과장해서 행동한 것인데 보는 분들의 시선은 곱지 않았습니다. 모두 제 잘못이라는 생각이 들었습니다. 무능함을 보이지 않으려고 애쓰며 행동했는데 몸은 진실하니까 상대는 그렇게 받아들일 수도 있겠다고 생각하며 마음을 다스렸습니다.

이렇듯 모든 사람들은 이제껏 자신이 살아온 삶의 방식이 있습니다. 이미 익숙해진 그 방식을 쉽게 바꾸라고 말하는 건 옳지 않습니다. 그러나 변화를 유도하는 특효약이 있습니다. 바로 웃음입니다. 환하게 웃으며 상대에게 말을 건네는 것입니다. 순간 이 사람이 왜 이러나 싶겠지만 건성으로라도 의사표현을 할 겁니다. 그리고 나중에는 적극적으로 자신의 의견을 내놓게 될 것입니다. 웃으면서 시도하면 변하게 됩니다. 그러니 실천하는 것이 중요합니다.

라디오에서 완벽주의자 남편 때문에 힘들어하는 주부의 상담 요청을 받은 적이 있습니다. 남편은 잘나가는 회사원으로 매사에 완벽을 추구한다고 했습니다. 자기 관리가 철저한 것까지는 좋은데 다른 사람에게도 완벽하기를 권한다고 합니다. 남편은 아내에게 편한 식사 시간에도 조금의 흐트러짐 없이 차려 입고 나오기를 바랍니다. 그리고 새벽 4시에 일어나 여성으로서 자신의 몸가짐을 바로 하고 하루 일과를 시작하기를 바랐다고 합니다.

매사 자기 생각만 이야기하고 자신이든 가족이든 빈틈을 보이는 걸 무척 싫어하는 남편의 완벽주의가 유독 아내에게 심하다고 했습니다. 부부 동반 모임 때는 아내의 머리부터 발끝까지 세세하게 간섭을 한다고 합니다. 남편과 오랫동안 산 시어머니도 지금의 모습을 보고 많이 달라졌다고 개탄했던 모양입니다.

원래 털털한 성격이었던 아내는 남편의 생활 방식에 맞춰 3년째 살고 있지만 지친다고 하소연을 했습니다. 아직은 아이가 없어서 그나마 큰 어려움은 없지만 아이가 생기면 견딜 수 없을 것 같다고 제게 방법을 물어왔습니다.

저는 부부 간에 성격이 달라서 생긴 문제라는 생각이 들었습니다. 본인의 성격이 철두철미하고 모든 게 완벽해야 행복한 사람인 것이죠. 그런 자신의 성격으로 인해 주위 사람들이 힘들어하지 않으면 괜찮습니다. 그런데 이를 타인에게 강요하면 문제가 됩니다.

만약 아내가 남편과 같은 성격이었다면 문제되지 않았을 겁니다. 서로가 더 철저해지려고 노력했을 테니까요. 그런데 이런 상황이라면 털털한 성격을 지닌 아내는 견딜 수 없게 됩니다. 숨이 막혀서 살 수가 없겠지요.

서로 다른 것뿐인데 "네가 틀리고 내가 맞아."라는 식으로 부딪히는 겁니다. 자신의 생활 방식을 따르도록 상대에게 요구하며 윽박지르는 것입니다. 여러 번 변하기를 강요해도 상대가 바뀌지 않는다면 그냥 편하게 살도록 두는 것이 좋습니다.

특히 한국의 남편은 안 바뀐다고 말했습니다. 이전에 창세기의 아담과 하와가 한국인이라면 어느 누구의 이야기도 듣지 않아 참 다행이었을 거라고 이야기한 적이 있습니다. 사실 남편도 아내를 바꾸는 게 힘이 듭니다. 많은 면이 아니라 한두 가지면 남편이 힘들어하니 내가 맞춰주자고 생각할 수 있습니다. 그런데 모든 면에서 완벽하기를 강요한다면 함께 살 수 없습니다. 어떻게 모든 일에 희생하며 살 수 있겠습니까. 살아온 방식이 다른데 말입니다.

설령 아내가 죽을힘을 다해 노력을 한다 해도 남편의 마음에 들지 않을 수도 있습니다. 낳아 준 어머니도 개탄하는 것을 보면 알 수 있습니다. 남편이 욕심이 많은 것 같습니다. 사랑하는 마음은 있지만 남편은 사랑하는 방법을 모르고 있는 것 같았습니다.

사람이 가지고 있는 기본적인 자유 의지가 박탈되면 상실감은 무척 큽니다. 어떤 일에도 자신의 의지대로 선택하기 어렵고 눈치를 보게 됩니다. 자신의 의사에 사사건건 간섭을 받는다고 생각하기 때문입니다.

요즘 아이들도 자기가 원하는 브랜드가 있습니다. 심지어 아이들도 그런데 성인인 아내는 얼마나 답답하겠습니까. 남편이 생각을 바꾸고 아내의 모습을 허용하고 편안하게 대해 주는 것이 좋습니다. 그렇지 않으면 계속 같은 문제로 부딪히게 될 것입니다.

아내를 격려하는 말을 해 주십시오.

"오늘은 정말 노력한 게 보이네. 정말 수고했어. 고마워."

아내는 자신을 무시하지 않는 남편에게 무척 고마움을 느낄 것입니다. 이렇듯 부부관계는 수평적이어야 합니다.

남편을 바꾸려면 아내도 웃으며 노력해야 합니다. 웃으며 차근차근 자신의 의사를 남편에게 말해야 합니다. 부드러운 대화 방법이 필요합니다. 말하지 않으면 상대는 알 수 없습니다. 정확하게 말하고 문제를 함께 고민하고 해결해 나가는 것이 소통입니다. 웃으며 소통하세요. 그럼 변화가 찾아올 것입니다.

3부

웃음 소통

화가 날 때나 분노가 일어날 때 상대방을 탓하지 말고 웃어 보세요. 이래도 웃고, 저래도 웃습니다. 웃으면 화나 분노, 부정적인 마음이 가라앉고 기분이 좋아집니다. 내가 웃어야 상대방도 함께 웃을 수 있습니다.

내면의 성장

변화에 대해 이야기하고 싶습니다. 변화란 무엇일까요. 타인이 변화하기를 바라시나요? 내가 아니라 상대방부터 변화하기를 바라면 훨씬 더 이루어지기 어렵습니다. 세상이 변화하기를 바라는 것도 마음대로 되지 않습니다. 사실 자신이 변화해야만 이웃이 변하고 세상이 변하는 것입니다. 늘 많은 사람들이 원하는 게 변질이 아닌 변화입니다. 사람이 변질되기는 쉬워도 변화하기는 참 어렵습니다.

사람들이 제게 말합니다.

"수녀님, 제가 조금 변질된 것 같아요. 예전에는 맑고 순수했는데 지금은 아닌 것 같아요."

그럴 때마다 저는 답변합니다. 아무리 노력하고, 아무리 해도 부족한 게 변화라고. 오늘 다시 기억하기 위해 "내가 변화해야 세상이 변한다. 변화는 결단이다."라고 말씀드립니다. 결단을 내리지 않으면 시작할 수도 없는 게 변화입니다.

변화는 의식의 전환으로 이루어져야 합니다. 정말 변화하고 싶다면 가장 먼저 자신의 사고를 전환해야 합니다. 내 생각이 변하지 않으면 행동도 바뀌지 않습니다. 누군가와의 관계 회복을 원할 때 '내가 맞다.'는 생각이 있는 한 절대 변하기 쉽지 않습니다. 내가 옳다는 생각에 갇혀 있으면 마음을 열지 못하기 때문입니다.

예를 들어 마마보이의 어머니가 아이를 쥐락펴락하는 이유가 있습니다. 어머니 자신이 잘하고 있다고 생각해서죠. 자신의 방식이 사랑이라고 생각하니까 그러는 겁니다. 사랑이 아니라는 것을 인식하면 아이를 자기 멋대로 움직이려 하지 않습니다.

평소에 아이를 닦달하는 어머니가 자신 때문에 자녀가 심한 상처를 입었다는 사실을 깨닫고 잔소리가 많이 줄었다고 합니다. 그걸 알기 전에는 아무리 말해도 들으려고 하지 않습니다. 세월이 흐른다고 해서 변하는 게 아닙니다. 그러니 부모도 내면 공부를 해야 합니다. 유익한 강의가 있으면 듣고 많은 사람들과 나누고, 끊임없이 자신을 성찰해야 변화할 수 있습니다.

의식의 전환은 다양한 공부를 통해서 이루어집니다. 공부한 다음에는 결단을 내려야 합니다. 그리고 반드시 실천해야 합니다. 하지만 아직도 많은 사람들이 마음속으로만 결단하고 의지가 약해서 실천하지 못합니다. 그럼에도 포기하지 않고 끝까지 자신의 내면과 만나다 보면 우리의 사고가 확장되어 변화를 경험하게 됩니다.

저도 예전에 비해 많이 달려졌습니다. 수도 생활을 한 16년 동안 예전에 비해 생각이 많이 바뀌었습니다. 전보다 굉장히 편안해지고 사람에 대한 이해가 넓어졌습니다. 예전에는 매사 좋다 나쁘다 흑백논리로 판가름하곤 했는데 요즘은 다름, 다양성을 인정합니다. 누군가의 성격 형성이나 주위에서 일어나는 일은 그만한 역사와 이유가 있어서라고 믿습니다. 그리고 그럴 수밖에 없는 안타까운 상황을 이해합니다. 저는 그들을 보며 어떻게 도울까 생각합니다. 자신의 약점을 알고 있지만 변화하지 못하는 게 안타깝기 때문입니다.

변화하지 않으면 잘못된 결과만 낳습니다. 그 결과를 만들어 내는 근본적인 원인을 찾아야 하는데 그렇지 못합니다.

"하지 마. 하지 마."

한 청년이 요즘 야한 동영상을 많이 보는데, 동영상을 보고 나면 괴롭다고 했습니다. 그래서 저는 그 친구가 어떻게 하면 그런 동영상을 보지 않을 수 있을까 생각해 봤습니다. 그 친구가 변하기

원한 부분은 이 행동을 하지 않는 것이었습니다.

결과만 바꾸려고 하면 변화할 수 없습니다. 내가 왜 이런 행동을 계속하는지 내면의 욕구를 들여다봐야 합니다. 그런 사람들의 내면 깊은 곳의 욕구는 '사랑받고 싶다.' 는 것입니다.

야한 것을 보는 게 좋아서가 아니라 내가 사랑하고, 사랑받고 싶은데 그런 환경이 조성되어 있지 않아 컴퓨터를 하는 것입니다. 자신을 깊이 사랑하는 누군가를 만나거나 자신이 사랑받고 사랑하고 싶어서 하는 행동임을 깨닫게 해 주면 자연히 그런 행동은 줄어들 것입니다.

그런데 행동만 고쳐 보겠다고 '이 동영상 안 봐야지.' 라는 생각만 가진다면 변화할 수 없습니다. '이래서 내가 이런 행동을 했구나.' 하는 것을 인식하면 내가 사랑받고 사랑하기 위해서 어떤 노력을 할 것인지를 생각하고 찾게 됩니다.

근본 원인을 아는 게 중요합니다. 내면 공부가 필요하고 겉으로 올라온 열매만 보는 것이 아니라 뿌리를 봐야 합니다. 뿌리에 상처가 나면 열매는 부실합니다. 먼저 상처 난 뿌리를 치유해야 합니다. 그래야 의식 전환이 결단으로, 결단이 실천으로 나아갑니다. 그렇게 나부터 변화하면 이웃, 세상이 변합니다.

예로 들었던 야한 동영상을 보는 청년은 일종의 경미한 정신 질

환일 수 있습니다. 그러고 싶지 않은데도 습관처럼 행동하게 되니까요. 분노도 마찬가지입니다. 분노발작증 환자가 대부분 우울증이나 기분 장애를 겪습니다. 만약에 방치하게 되면 심장마비 위험이 있습니다. 신경정신과에서는 이런 분노발작증 환자에게 사고 전환 인지 조절 치료와 항우울제를 복용하게 하여 치료합니다.

제가 아는 한 여성은 남편이 자주 화를 내서 함께 신경정신과를 찾았다고 합니다.

"남편이 변했어요. 사소한 일에도 불같이 화를 내고 물건도 집어던져요. 무서워서 같이 못 살겠어요."

의사 선생님께 이렇게 상담하자 옆에 있던 남편이 말하더랍니다.

"저도 이유를 잘 모르겠어요. 아내가 무시하는 기분이 들면 저도 모르게 폭발해요."

의사는 남편이 감정 조절이 어렵다는 사실을 확인하고 인지 조절 치료제와 항우울제 처방을 내렸습니다. 남편은 두 달이 지난 후 눈에 띄게 부드러워졌다고 합니다.

별일 아닌데도 상습적으로 불같이 화를 낸다면 감정 조절 장애가 아닌가 의심해 봐야 합니다. 이런 사람들은 벌어진 상황에 대해 '자기가 편한 대로' 해석을 한다는 공통점이 있습니다.

가령 아내가 술을 줄이라고 타박했다면 잔소리의 내용보다 '또 잔소리'라고 생각하며 화를 냅니다. 마음에 들지 않는 후배가 일을 제대로 끝내지 못하면 문제를 해결하려고 하기보다는 '네가 하는 일이 다 그렇지.'라고 생각하며 화를 냅니다.

나중에 화낸 이유를 물어보면 제대로 기억하지 못할 때가 많습니다. 기억을 하더라도 "화 낼 일은 아니었는데…."라며 계면쩍게 말합니다. 그렇지만 비슷한 상황이 터지면 또 화를 냅니다.

화를 낸 직후나 내고 있는 중에 심장마비에 걸릴 확률은 그렇지 않을 때보다 두 배나 높습니다. 평소에 화를 많이 내고 성격이 공격적일수록 심장마비 발생률이 세 배 이상 높다고도 합니다. 화를 내면 순간적으로 교감신경계가 가장 먼저 아드레날린을 분비하면서 근육이 긴장하고 심장 박동이 빨라집니다. 이를 의학적으로 '스트레스 반응'이라고 합니다. 이 반응을 통해 몸은 스스로를 보호합니다. 그러나 스트레스 반응이 자주 나타나면 심장에 연결된 동맥의 직경이 줄어들면서 노폐물이 쌓인 혈관 부분이 터지기도 합니다. 심장마비를 일으키는 것입니다.

그러므로 화가 나면 바로 푸는 것이 건강에 좋습니다. 어떻게 풀면 될까요? 우선 조용한 곳에 가서 심호흡을 합니다. 그래도 화가 풀리지 않으면 베개를 침대에 내려치거나 허공에 주먹질을 합니다.

때로는 아무도 없는 곳에 가서 소리를 지르는 것도 한 방법입니다.

이렇게 하면 심장박동이 정상으로 돌아가고 안정이 됩니다. 이를 '이완 반응' 이라고 합니다. 몸을 움직이고 땀을 흘리면 이완 반응이 더 빠르게 나타나므로 운동을 하는 것도 좋습니다.

최근에는 화를 다스리는 근본적인 해결책으로 '인지 조절 치료' 가 각광을 받고 있습니다. 이 치료는 사고 체계를 전환함으로써 분노를 조절하는 방법입니다. 싸워야 할 상황이 생겼을 때 한발 물러서서 긍정적으로 생각할 것을 권합니다. 이는 일상생활에서도 쉽게 적용할 수 있습니다.

만약에 직장 상사가 화를 내면 '왜 매일 나한테만 화를 내지?' '왜 나만 무시하는 거지?' 라고 생각하며 분노를 일으키지 말고 '화내면 나만 손해지.' '내 업무 스타일에 문제가 있는 걸까? 무슨 이유가 있으니까 화를 내겠지.' 라고 생각하며 마음을 다스려야 합니다. 아내가 잔소리를 할 때에도 '내 몸을 생각해서 하는 소리겠지.' 라며 웃어넘겨야 합니다.

화를 다스리는 특효약은 웃음입니다. 화가 날 때, 분노가 일어날 때, 기분이 나쁠 때 상대방을 탓하지 말고 웃는 겁니다. 이래도 웃고 저래도 웃습니다. 매사 웃어 봅니다. 웃는 게 실없고 힘든 일로 여겨지더라도 노력하는 겁니다. 웃으면 화나 분노, 부정적인 마음이 가라앉고 기분이 좋아집니다. 이게 바로 변화입니다. 웃음은 이렇게 화를 다스리고 마음을 평안하게 하며 나를 성장시키는 변화를 가져옵니다. 내 가족과 이웃, 세상을 변화시키는 큰 힘을 웃음은 가지고 있습니다.

먼저 웃으면 행복합니다. 한 가지 일에 감사하면 두 가지의 기쁜 일이 나에게 되돌아옵니다. 행복이 배가 되는 것이죠. 이것이 웃음의 덤입니다.

웃음의 덤

독신이고 프리랜서 프로그래머로 일하는 서른여섯 살인 여성이 제게 상담을 요청했습니다. 똑똑하고 일도 야무지게 잘해서 이분을 찾는 고객이 고정적으로 있는 편입니다. 그런데 이번 달은 일이 들어오지 않아 한 달째 백수 생활을 하고 있다고 푸념했습니다.

일 년에 일이 없는 달이 서너 달 되는 것 같다며 이런 때에는 인생이 답답하다고 했습니다. 무엇을 해도 심드렁하다고 말입니다. 남들은 잘나가는 프로그래머라고 하지만 자신은 결혼도 못했고 가장이라 돈을 아껴야 해서 차도 한 대 없다고 했습니다. 게다가 카드 값을 내면 통장에 남아 있던 잔고조차 남김없이 텅 빈다고 울상을 지었습니다. 사람들은 골드미스라고 하지만 이분은 인생이 팍팍하다고 했습니다.

제가 어떤 해결책을 드릴 수 있을지 고민하다 그냥 웃으면 된다고 했습니다. 웃음에는 이유가 없기 때문입니다. 저는 1년에 1만

명 정도의 많은 사람을 만납니다. 한 강의에 많을 때는 1,000명, 적을 때는 50명은 만나니 1년 동안 만나는 사람 수를 취합하면 그 정도 되는 것 같습니다.

제가 장담하건대 그 1만 명 중에 문제가 없는 사람은 없습니다. 산 사람은 누구나 문제가 있습니다. 그런데 이 문제만 보고 살면 삶이 칙칙해집니다. 그래서 어느 곳에 시각을 두느냐가 중요합니다.

사실 프리랜서는 능력을 인정받고 있다고 해도 안정적이지 않습니다. 저도 그렇습니다. 물론 수도자라는 특별한 위치에 있기에 그 점이 크게 문제가 되지 않습니다. 그러나 이분과 같은 경우에는 능력껏 자유롭게 일할 수 있지만 일이 고정적이지 않아 힘이 듭니다. 이미 알고 시작했다면 그 장점을 봐야 합니다. 나 자신이 어떻게 하면 이 삶을 최대한 누릴 수 있을까 생각하는 게 좋습니다.

사실 가장 역할을 하면서 뒷바라지하는 게 억울할 수 있습니다. 돈이라도 모아 놨으면 대가가 있어 흐뭇하겠지만 카드 값을 메운다고 생각하면 속상합니다.

제가 사람들을 만나며 느낀 게 하나 있습니다. 모두 힘든 문제만 고민하는 겁니다. 그러나 시각만 돌리면 다르게 생각할 수 있습니다. 은총이 많은지 십자가가 많은지 물어보면 다들 은총이 많다고 대답합니다. 물론 십자가를 짊어져서 버거운 게 더 크다는 분도 있지만 그분은 드러나는 문제점을 더 크게 봐서 그런 겁니다.

돈을 벌 수 있다는 것, 가족이 건강하게 산다는 것에 깊이 감사해야 합니다. 물론 통장에 잔고가 없지만 건강하게 일할 수 있다는 것에 감사해야 합니다. 프리랜서인데도 불구하고 일이 많아서 몇 달만 쉬면 다시 일할 수 있다는 것도 복입니다. 더 일하고 싶은데 오래 쉬는 분도 많으니까요.

잘나가는 프로그래머인데도 집안에서 가장 역할을 하는 것이 힘들다고 느끼는 이유는 따로 있습니다. 단지 자기보다 더 나은 타인과 비교하니까 상대적으로 초라하다고 느끼는 겁니다. 못한 사람이랑 비교하면 이것도 감사한 일입니다. 타인의 삶과 비교하지 말고 힘든 게 많아도 내가 받은 이 삶에 축복이 많다고 여겨야 합니다. 그래서 살아갈 용기를 얻길 바랍니다.

웃는 것, 정말로 행복해서 웃는 경우는 드뭅니다. 먼저 웃으면 행복해집니다. 정말 하나에 감사하면 두 가지가 나에게 돌아오고 기쁨이 배가 됩니다. 이른바 웃음의 복리 이자 법칙입니다.

저도 개그맨이 되고 싶었을 때는 그렇게 간절히 바라도 길이 막혀 있는 것 같더니 시간이 지나니까 개그맨과 함께 일하게 되었습니다. 이미 받은 게 많고 삶을 긍정적으로 생각할 수 있는 부분이 많습니다. 힘들다고 생각하면 더 힘들어집니다.

"그래. 나니까 하는 거지."

대단하다고 말하고 어려운 상황에서도 자신을 북돋아 주시기 바랍니다.

쉬는 날에는 자기 자신을 위해 특별한 시간을 보내는 게 좋습니다. 춤, 영화 등 나를 위해 문화 활동을 하는 날을 만들어서 신명 나게 즐겨 보세요. 그날만큼은 나를 위한 시간을 만들어 주세요. 그날은 누군가를 위한 게 아니라 나를 위해서 시간을 보내고 격려하는 겁니다. 가장으로, 일하는 여성으로 정말 애썼으니까요.

일곱 번 넘어져도 여덟 번 일어나면 이긴 겁니다. 마무리만 긍정적으로 하면 승리한 것입니다. 막판 뒤집기로 이기는 것처럼 말입니다. 사람은 평상시 익숙한 방식대로 살아갑니다. 부정적인 게 익숙해지면 계속 부정적일 수밖에 없습니다. 긍정과 익숙해지기 바랍니다.

무슨 일이든 긍정적으로 생각하는 겁니다. 그건 남이 해 줄 수 있는 게 아닙니다. 본인만 할 수 있습니다. 의식적으로라도 '잘할 수 있어.' 라고 자신을 북돋우면 안도가 됩니다.

다이어트를 따로 안 해도 삶에 활력이 붙어 살이 많이 빠집니다. 그게 바로 긍정의 힘입니다. 지금 혹시 부정하고 계세요? 얼른 긍정으로 바꾸기 바랍니다. 긍정적인 생각만 하고 환하게 웃어 보세요.

용서하지 못하는 사람의 삶은 무척 힘이 듭니다. 자신이 가둬 놓은 미움이라는 틀에서 벗어나야만 자유롭게 살 수 있습니다. 이해가 되어서 용서하는 것이 아닙니다. 마음 속 매듭을 풀기 위한 가장 큰 행위가 바로 용서입니다.

영혼 치유

대학교 4학년인 한 여대생의 상처는 매우 깊었습니다. 이 친구는 집에서 외동딸이었지만 딸이라는 이유로 구박과 핍박을 당했습니다. 아버지는 술만 먹으면 폭행을 일삼았다고 합니다. 어머니는 아버지를 말리다가 같이 맞기 일쑤였습니다. 어머니는 그런 자신에게 약을 발라 주며 늘 미안해 했습니다. 그리고 다음 날 용돈 좀 쥐어 주고 넘어갔다고 합니다.

그런 식으로 몇 년을 살다 보니 이 친구에게 남은 건 아버지에 대한 원망과 증오뿐이었습니다. 이 친구는 집에서 나가고 싶어서 어머니에게 아버지와 이혼하라고 요구하기도 했습니다. 그러면 어머니는 미안하다는 말을 하면서 술만 안 드시면 괜찮은 분이라고 하셨답니다. 이 친구는 아버지에게 폭행을 당할 때마다 이 집에서 나가겠다고 생각했습니다.

결국 어머니는 딸을 위해 이혼했고 살림은 넉넉하지 못했지만 그동안 이 친구의 마음은 편했다고 했습니다. 그러나 20년 넘게 맞아 온 상처는 쉽게 아물지 않았습니다. 친구를 만날 엄두도 안 나고, 결혼은 상상할 수도 없었습니다. 사회생활도 어렵다고 말했습니다. 그러면서 아버지에게 복수하고 싶다는 생각이 들었다고 합니다.

그러던 어느 날 아버지가 위독하다는 소식이 들려왔습니다. 어머니는 아버지의 병문안을 가 보기 원했습니다. 이 친구는 병원을 가야 할 지 망설여진다고 했습니다. 아버지를 용서해야 한다는 건 알지만 용기가 나지 않는다고 고백했습니다.

그러나 이 친구의 아버지도 상처받은 영혼의 하나일 뿐입니다. '아버지가 왜 이럴까.' 하고 생각하면 용서할 수 없겠지만 그의 삶을 조금이나마 안다면 '아버지도 불쌍한 사람이구나.' 하는 연민이 생길 겁니다. 그러면 용서할 수 있게 됩니다. 어린 시절부터 당했던 폭행으로 인해 영혼에 너무나 깊은 상처가 났다는 것을 잘 압니다. 하지만 그녀 자신을 위해서 아버지를 용서해야 합니다.

사실 용서 받는 사람보다 용서하지 못하는 사람이 더 힘든 법입니다. 묶인 것을 해방해야만 자유롭게 살아갈 수 있습니다. 그렇기 때문에 어렵겠지만 아버지를 헤아리고 용서하는 결단을 내리는 것입니다. 이해가 되어서 용서하는 것보다 나를 위해서, 마음속 매듭

을 풀기 위해 떠나가는 그분에게 가장 큰 사랑의 행위를 보여 줘야 합니다. 나 자신을 자유롭게 하고 아버지가 편안하게 떠날 수 있도록 말입니다.

이런 상황에 처한 사람들이 참 많습니다. 의지로 용서하겠다고 마음먹어 보십시오. 그리고 자신이 한 의지, 약속에 대해 책임을 지려고 노력해 보세요. 힘들지만 가능합니다. 감정적으로 안 되지만 의지가 있으면 할 수 있습니다.

많은 부부가 처음에는 뜨겁게 사랑하지만 점차 지나면서 사랑하겠다는 의지로 자리를 충실하게 지키는 것처럼 말입니다. 감정보다 책임으로 살아가는 겁니다. 365일 뜨거울 수 없으니 말입니다. 마음으로 아무 거리낌 없이 웃는 게 어려울 수 있습니다. 그래도 웃어야 합니다. 사랑을 선택해야 합니다.

그렇게 하면 자기 자신이 자유로워집니다. 마음먹기 나름입니다. 이렇게 아버지를, 나에게 악하게 군 누군가를 용서한 분이 많습니다. 감정이 허락하지 않아도 결단을 내린 분들이 있습니다. 화해는 둘이 함께해야 하는데 한쪽이 준비가 안 되면 시간이 오래 걸립니다.

아버지는 얼마 못 사시는데 한시라도 지체할 수 없습니다. 서로 용서할 시간이 별로 없었습니다. 그래도 떠나가는 그 길에 아버지와 딸 간에 묶인 매듭은 풀어야 하지 않겠냐고 이야기해 주었습니다. 아버지가 떠나가기 전에 그녀가 아버지를 향해 웃기를 바랍니다. 사랑을 선택해서 아버지를 용서해 주기를 마음속 깊이 기도합니다.

심한 고통을 어떻게 극복할 수 있을까요. 스스로 질문을 던져 보세요. 희망하면 이루어진다는 진리를 깨우치세요. 희망하는 법을 알게 되면 절망하지 않습니다. 그러니 웃으며 희망하세요.

희망 웃음

희망이라는 주제를 나누고 싶습니다. 보이는 것을 희망하는 것은 희망이 아닙니다. 성서에는 희망이라는 단어가 많이 나옵니다. 우리가 가장 많이 알고 있는 고린도전서 13장에도 사랑, 믿음, 소망이라고 씌어 있습니다.

믿는 자에게는 희망이라는 단어가 소중합니다. 희망할 때 비로소 어떤 상황에서도 절망하지 않을 수 있습니다. 그러나 믿음이 없으면 우리는 희망할 수 없습니다.

희망과 기대의 차이가 무엇인지 얼마 전에 체험했습니다. 제 나이 마흔이 넘어서 그 둘의 차이를 정확히 알게 되었습니다. 보통 사람들은 사람들 간의 관계나 일을 희망해서 실망하기보다 기대해서 낙담하는 것 같습니다. 제가 강의를 하러 다니면서 사람들에게 기대하지 말고 희망을 가지라고 이야기합니다. 희망은 어떤 틀을 딱 갖추고 결론을 주는 게 아니라 방향성을 놓고 걸어가는 것입니다.

예를 들어 누군가를 사랑한다면 이 사람이 잘되기를 바라야지 지나치게 기대하면 실망하게 됩니다. 기대는 사랑한다면 '이렇게 해 주겠지.' 라고 생각하는 겁니다. 저 사람을 만났을 때 '반갑게 인사하겠지.' '적어도 아들이라면 엄마 마음을 헤아려서 열심히 공부를 하겠지.' 이런 마음을 품는 게 기대입니다.

원하는 게 있고 네모난 틀에 바라는 바를 넣을 때 기대가 생깁니다. 희망은 사랑하는 사람이 잘되기를 바라는 마음만 가지고 바라봅니다. 기대와 달리 희망을 가지면 어려운 일을 당했을 때 실망하지 않습니다. 종종 부모는 기대한 만큼 실망한다고 말합니다. 그러나 자녀한테 기대가 아닌 희망을 가지면 실망하지 않습니다. 왜냐하면 우리 아이가 잘되기를 바라는 마음으로 방향을 정하고 희망하며 기다릴 수 있기 때문입니다.

사실 기대한 게 없으면 섭섭한 게 없습니다. 기대하는 것이 아니라 희망해야 합니다. 얼마 전에 안타깝게 젊은 청년이 우울해 하고 절망하는 모습을 봤습니다. 그는 참 멋진 청년이었습니다. 좋은 대학에 다니고 있고 누가 봐도 잘생겼으며 지적이었습니다. 그런데 아무도 자신을 기억하지 않고 찾지 않는다며 좌절했습니다. 갈 데도 없고, 만날 이도 없고, 하고 싶은 것도 없다고 말했습니다. 그러고는 오직 컴퓨터만 할 뿐이었습니다.

절망하는 것은 자신을 믿지 못해서 그런 것입니다. 자신을 믿을 때 희망할 수 있습니다. 희망하는 사람은 끝까지 갈 수 있습니다. '사람만이 희망이다.' 라는 말이 있습니다. 제 생각에 사람은 믿을 대상이 아니라 사랑해야 할 대상입니다. 믿어야 할 대상은 하느님입니다. 하느님에게 희망을 두는 사람은 절망하지 않고 끝까지 걸어갈 수 있습니다.

사람과 상황에만 머물면 우리는 절망할 수밖에 없습니다. 희망의 첫 번째 조건은 믿음입니다. 하느님을 알게 될 때 비로소 희망할 수 있다고 생각합니다. 희망과 기대를 구분하지 못하고 자꾸 사람들을 닦달하면 관계가 단절되고 실망합니다.

이 사실을 아파하면서 깨달았습니다. 지금은 희망하는 법을 알아서 서운한 게 많이 사라졌습니다. 기대하는 게 없어서 누굴 만나도 마음이 편합니다. 마음 상할 게 없습니다. 자녀에게도 기대하지 않고 희망한다면 아이들에 대해 조급해 하지 않을 수 있습니다. 그런데 기대하니까 아이들이 따라와 주지 않으면 잔소리하고 조급해하고 종용하고 강압적으로 시키는 겁니다. 아이들에게 기대가 아닌 희망을 가지면 부모, 아이 모두 자아를 찾습니다.

며칠 전에도 한 아이가 찾아왔는데 엄마에게 바라는 것이 뭐냐고 물었더니 제발 믿고 기다렸으면 좋겠다고 말했습니다. 엄마가 못 기다리고 학원에 가라고 소리를 친답니다. 10분도 못 기다리고 닦달해서 힘들다고 이야기했습니다. 좀 지나서 20분 있다가 안 가면 소리를 질러 가려고 하다가도 가고 싶지 않다고 합니다. 기대하지 말고 희망하기 바랍니다.

희망이 가득한 집안이었는데 절망으로 떨어진 한 친구가 제가 진행하는 라디오 프로그램에 사연을 보내왔습니다. 이 친구는 자상한 아빠, 엄마, 그리고 좋은 오빠와 함께 웃음이 끊이지 않는 가정에서 자랐답니다. 특히 오빠와는 깊은 우애를 자랑할 정도로 사이가 좋았다고 합니다. 그런데 어느 날 오빠가 자살을 했답니다. 아버지는 믿을 수 없어 했고 그 사실을 확인하러 나갔다가 교통사고를 당해 돌아가셨다고 했습니다. 갑작스러운 오빠와 아버지의 죽음으로 가정은 엉망이 되었습니다.

어머니는 두통에 시달리고 우울증으로 고통스러워했습니다. 이 친구가 아픈 어머니를 모시고 병원에 가서 검사해 보니 급성 백혈병이라고 했답니다. 그녀는 정말 숨 쉬는 일조차 버겁다고 눈물을 흘렸습니다.

극단적인 절망을 경험한 이 친구를 보니 무척 마음이 아팠습니다. 이런 상황에 놓인 친구를 어떻게 위로할 수 있을까 많이 고민했습니다. 어떤 말도 위로가 되지 않을 것 같았습니다. 제가 원목

으로 병원에 있을 때, 이런 분에게 해 줄 수 있었던 일은 그저 손을 잡고 홀로 걷는 게 아니라 같이 걷는 길임을 느끼게 도와주는 것밖에 없었습니다. 조금만 힘을 내라는 말밖에 할 수가 없었습니다.

그 친구에게 이 말은 꼭 해 주었습니다. 세상에는 기적이 일어나기도 하고 예상하지 못한 신비로운 일도 벌어진다는 것을 말입니다. 고통에 대해서 명확하게 답을 줄 수는 없습니다. 지금도 세계적으로 많은 아이들이 죽고 있고, 죄도 없는데 날 때부터 장애를 가진 사람도 많습니다. 이 모든 고통을 설명할 수 없습니다. 그러나 희망을 가져야 합니다. 희망으로 고통을 인내하고 살아가야 합니다.

제가 아는 신부님으로부터 들은 이야기가 하나 있습니다. 본당의 신자 한 분이 다른 신자의 아이를 차로 치었습니다. 사고로 아이가 죽었습니다. 본당이 술렁거렸습니다. 옳고 그름을 따져 파가 둘로 나누어졌습니다. 혼란 가운데 사고를 낸 신자는 신부님에게 어떻게 하면 좋겠냐고 물었습니다.

신부님은 아이 어머니에게 가서 빌라고 이야기했습니다. 이후 그분은 매일 아이의 어머니에게 찾아가 빌었다고 합니다. 그리고 그분의 진심에 이 어머니도 당신의 잘못이 아니라고 용서해 주었습니다. 그러자 기적이 일어났습니다. 아이를 잃은 그 신자가 아이를 가진 것입니다. 그리고 아들을 낳았답니다.

심한 고통을 어떻게 극복할 수 있을까요. 스스로에게 질문해 보세요. 희망하면 된다는 정답을 얻을 겁니다. 희망하는 법을 배우면 절망하지 않습니다. 웃으며 희망하세요.

원하는 게 있다면 기다려야 합니다. 얼굴을 굳히고 기다리지 말고 웃으며 기다리세요. '다 잘 될 거야.' 라고 말하며 자신에게 최면을 걸어 보세요. 기다림이 행복하게 느껴질 것입니다.

기다림

저는 많은 어머니들에게 꼭 성모마리아를 닮으라고 말씀드리고 싶습니다. 예수님의 탄생 예고, 엘리자벳과의 만남, 예수님의 소년 시절이 루가복음에 나옵니다. 사실 성모마리아에게는 당황스러운 일이 많이 닥쳤습니다. 단적인 예로 남자를 알지도 못하는데 아이를 가졌으니 얼마나 놀라고 곤혹스럽겠습니까.

"이 아기는 이스라엘에서 많은 사람을 쓰러지게도 하고 일어나게도 하며 또 반대를 받는 표징이 되도록 정해졌습니다. 그리하여 당신의 영혼이 칼에 꿰찔리는 가운데 많은 사람의 마음속 생각이 들어날 것입니다."

한 예언자가 아들이 이렇게 대단한 존재라고 말했으니 성모마리아는 어머니로서 부담이 되었을 수도 있습니다.

예수님은 유년 시절에 튼튼하고 착하게 자랐습니다. 다른 아이에 비해 지혜가 충만하고 예사롭지 않았습니다. 보통 어머니들은 자식이 똑똑하면 좋으면서도 버겁다고 느낍니다. 어떻게 키울까 고민하게 됩니다. 어떻게 하면 아이의 능력을 발휘하게 도와줄 수 있을까 생각합니다. 예수님을 보면서 성모마리아도 어떻게 키워야 할까 생각하지 않았을까 싶습니다. 그나마 그때는 사교육이 없으니까 양질의 교육을 시키겠다는 교육열이 지금보다 덜 했겠지만 말입니다.

파스카 축제에 갔을 때 성모마리아는 예수님을 잃어버립니다. 그 축제는 이스라엘 사람들에게 가장 큰 명절입니다. 한국의 구정과 같다고 생각하면 됩니다. 그날 민족대이동이 일어납니다.

하나밖에 없는 아들을 잃어버렸으니 어머니 마음이 어떻겠습니까. 사흘을 찾아 헤맸다고 하는데 아마 그 3일이 30년보다 길게 느껴졌을 겁니다. 이동 인구가 많을 때 잃어버렸으니 찾는다는 보장도 없고 어머니 속이 새까맣게 탔습니다.

성서에는 한두 줄로 그 심정을 이야기하지만 상황을 생각해 보면 어머니에게는 대단한 고통이었을 게 틀림없습니다. 그렇게 고생해서 3일 후에 아들을 찾았는데 아들인 예수님의 대답이 걸작입니다.

"아이야, 왜 이렇게 하였느냐. 아버지와 내가 너를 애타게 찾았단다."

어머니인 성모마리아는 애끓는 마음을 담아 말했습니다. 그랬더니 예수님은 태연하게 대답했습니다.

"왜 저를 찾으셨습니까. 제가 제 아버지 집에 있어야 할 것을 모르셨습니까."

예수님이 아무리 부모님에게 순종적이었다고 해도 어머니인 성모마리아의 입장에서 보면 예수님을 지켜 내는 과정 자체가 고통의 연속이었을 겁니다. 그럼에도 믿고 기도하는 여인이었기에 아들을 닦달하고 조급해 하지 않았습니다. 모든 상황을 믿음으로 극복했습니다.

'때가 되면 하느님께서 알려 주시겠지. 때가 되면 네 마음을 하느님께서 알아주겠지.' 하는 마음을 가진, 기다릴 줄 아는 여인이자 어머니였습니다.

사실 어머니의 조급증이 아이들 교육을 망칩니다. 그 조급함은 믿음이 없을 때 하는 행동입니다. 믿지 못하니까 눈으로 보길 원하고 빨리빨리 결과가 나오기를 바랍니다. 씨를 뿌리면 한참을 기다려야 열매를 맺는데 요즘 어머니들은 씨를 뿌리고 돌아서서 열매를 얻으려고 합니다.

세상의 어머니들이 성모마리아의 모습을 본받았으면 좋겠습니다. 이해될 수 없더라도 아들 예수와 하느님을 믿고 기다린 성모마리아의 덕과 인내를 어머니들에게 들려주고 싶습니다. 믿고 기도하며 때를 기다리면 어느 순간 상황이 이해됩니다.

저는 피정에서 어머니들과 이야기를 많이 합니다. 피정을 다녀오면 어머니가 자식을 대하는 태도가 바뀝니다. 그래서 아이가 오히려 어머니에게 피정을 가라고 종용한다고 합니다.

이런 아이들의 요청에 못 이겨 피정에 오는 부모가 많습니다. 처음 온 부부는 딸아이가 속을 썩인다고 말했습니다. 자식 때문에 괴롭다고 했습니다. 그러나 피정 마지막 날 대부분의 어머니가 돌아가면서 이렇게 말했습니다.

"제가 잘못했습니다. 제가 조급했고 우리 딸아이와 아들을 기다리지 못했어요. 집에 가면 믿고 사랑해 주겠습니다."

이전에는 다 자신이 옳다고 했는데 5박 6일 동안 변합니다. 제가 끊임없이 진실이 무엇인지 이야기한 결과입니다.

"수녀님, 제가 정말 잘못했어요. 아이들에게 큰 상처를 주었습니다. 이제부터는 기다려 주겠습니다. 믿겠습니다. 사랑하며 기도하겠습니다."

이런 말을 들으면 저도 행복합니다. 보람을 느낍니다. 부모, 특히 어머니들이 성모마리아의 마음을 닮았으면 좋겠습니다. 물론 저는 아이를 키워 본 적은 없습니다. 하지만 아이를 키우는 일 자체가 수도 생활과 유사하다는 생각이 듭니다.

저도 수도 생활을 하면서 조급함 때문에 많이 힘들었습니다. 기도하면서 변화되지 않는 제 모습에 지치기도 하고, 빨리 성인들처럼 나아가고 싶고, 기도에 더 몰입하고 싶었습니다. 그런데 생각처럼 잘되지 않아서 지칠 때 제 자신에게 이렇게 말했습니다.

'조금만 기다리자. 내가 조금 더 힘이 있어서 신의 뜻을 잘 알 수 있을 때까지 기다리자.'

원하는 게 있으신가요? 기다리세요. 얼굴 굳히고 기다리는 건 소용없습니다. 웃으며 기다리세요. '다 잘될 거야.' 최면을 거세요. 기다림 자체가 행복으로 다가올 겁니다.

사랑하세요. 사랑하면 저절로 웃음이 납니다. 설렙니다. 입가에 미소가 번지고 가슴은 쉴 새 없이 쿵쾅거리며 뜁니다. 모든 사람들은 사랑할 때 너그러워집니다. 웃음을 주는 사랑을 해야 합니다.

웃음을 주는 사랑

마태오 복음에서 예수님은 "너희는 원수를 사랑하여라. 너희를 박해하는 사람을 위하여 기도하여라. 그러므로 하늘의 아버지께서 완전하신 것처럼 너희도 완전한 사람이 되어야 한다."라고 말씀하십니다.

사실 이런 말씀이 제가 강의를 하는 것보다 더 힘이 있습니다. 말씀을 되뇌면 되뇔수록 힘이 생깁니다. 말씀에서 정답을 얻는 사람들이 꽤 있습니다. 싫은 사람을 만날 때 화가 나고 확 짜증이 나는데 이 말씀을 기억하고 기도하면 훨씬 수월하게 그 사람과 잘 지낼 수 있습니다. 긴말하지 않고 축복기도만 해도 기분이 좋아집니다.

이런 사랑에 대해 나누고 싶습니다. 죽도록 사랑하는 일. 사실 목숨 바쳐 사랑하는 것은 미친 짓이라고 생각합니다. 왜냐하면 미치지 않으면 죽을 수 없기 때문입니다. 적당히 해서는 하나밖에 없는 목숨을 내놓을 수 없으니까요. 그러나 완전한 사랑은 두려움을 몰아냅니다. 그 어떤 두려움도 몰아내어 기꺼이 죽을 수 있다는 생각이 들게 합니다. 죽도록 사랑하는 것은 미칠 만큼의 열정이 없으면 할 수 없습니다. 사람이나 신이나 열정이 없으면 사랑할 수 없습니다. 믿음이나 신뢰 없이 할 수 없습니다.

누군가를 온전히 믿는 것은 미치지 않으면 불가능한 일입니다. 그러기에 순교자도 사랑이 지나치다, 미쳤다는 손가락질을 받았습니다. 당시 양반이 천민이랑 밥 먹고 형제자매라 말하는 것 자체가 미친 짓이었습니다. 목숨도 위태롭고 직위와 모든 삶을 박탈당하는데 보이지 않는 하느님을 위해서 모든 것을 내어놓다니 이성적으로 이해가 가지 않는 일입니다.

저도 이전에는 고문당하는 것은 끔찍하겠다, 생각하는 것조차 두려웠습니다. '사지를 찢기면서 어떻게 견딜까. 바늘에 살짝만 찔려도 아픈데, 부황으로 잠깐 피를 빼는 데도 고통스러운데 어떻게 고문을 견딜까.' 그런 생각이 들었습니다. 그런데 이런 육체적 고통도 사랑이 있으면 견디게 됩니다.

순교적 사랑은 분명히 은총이 개입되어 있습니다. 그러나 사람과의 사랑에는 욕심도 가미되어 있습니다. 기대를 하고 충족이 되지 않으면 헤어집니다. 아가페적인 사랑은 내 것을 내주고 희생해서 그나마 오랫동안 기억이 되는데 그것도 쉽지 않습니다.

요즘은 사랑을 거래하는 사람들이 많은 것 같습니다. 주위 아이들을 보면 몇 년 동안 오래 사랑하는 경우는 별로 없는 것 같습니다. 만난 지 100일을 기념하고 그것도 오래 만났다고 축하를 합니다. 예전에는 1년, 2년 지나야 만났다 생각하고 기념했는데 말입니다. 100일간 지켜보고 기대에 안 맞으면 헤어지는 거라고 생각하는 게 요즘의 사랑 방식입니다. "사랑은 변하는 거야."라고 쉽게 이야기를 합니다.

참 서글픈 일입니다. 우리는 모두 목숨 바칠 만큼 사랑해서 결혼합니다. 콩깍지가 씌면 곰보도 보조개로 보일 정도로 예쁘게 보입니다. 그런데 결혼하고 나서 시간이 지나면 콩깍지가 벗겨지고 적나라한 현실이 점차 눈에 들어옵니다. 그래서 부부 간에는 죽을 때까지 사랑하겠다는 약속을 충실히 이행하는 게 중요합니다. 순간의 감정으로 사랑하는 건 위험한 행동입니다. 인내를 가지고 충실하게 사랑의 약속을 이행하는 것이야말로 사랑의 완성이라고 생각합니다.

신앙도 마찬가지입니다. 세례 받을 때는 뜨겁지만 지나고 나면 순간순간 유혹이 있습니다. 그래도 신앙의 길을 걸으며 끝까지 마음을 유지해야 합니다. 물론 부부 간에 목숨 바친 사랑이 시작부터 끝까지 변질되지 않을 수는 없습니다. 그럼에도 불구하고 자신의 자리로 돌아올 줄 알아야 합니다. 아빠라는 자리, 남편이라는 자리, 엄마라는 자리, 아내라는 자리로 돌아오려는 노력이 필요합니다.

제가 알고 있는 어떤 여성은 인기가 아주 많았습니다. 끈질기게 구애하는 남편을 뿌리치지 못해 결국 결혼했고 두 아이의 엄마가 되었습니다. 그런데 그녀를 그렇게 좋다고 따라다닌 남편이 다른 여자를 만난다는 겁니다. 그리고 이혼만 해 주면 그녀가 원하는 대로 다 해 준다고 하더랍니다.

제가 볼 때 이는 남편이 한순간의 유혹으로 이성을 잃어버린 경우라는 생각이 듭니다. 아내가 싫어서 다른 여자가 좋다는 게 아니라 잠시 잠깐의 권태기인 것입니다. 가까이에 있어서 소중한 줄 모르는 겁니다.

아내와 함께 일상생활을 하다 보면 감정이 무미건조해질 수 있습니다. 그러나 다른 여성에게 순간의 애정을 느껴서 그 감정이 영원할 거라 착각하고 가정을 등한시하면 아내와 아이에게 상처만 남습니다. 그렇게 소중한 사람들에게 상처를 주고 가정이 흔들리면 과연 이 남편이 행복할까요?

저는 이혼을 반대합니다. 저는 아내가 기다려야 된다는 말밖에 할 수 없었습니다. 대신 남편에게 이야기는 해야 한다고 말했습니다. 당신을 믿었는데 어쩜 그렇게 무책임할 수 있느냐고 솔직한 마음을 토로하라고 했습니다. 너무나 상처를 받았고 배신감이 느껴진다고 말하라고 했습니다. 그리고 남편을 설득하도록 조언했습니다.

그래도 상처보다 가정이 소중하다고 생각의 초점을 바꾸라고 말했습니다. 남편도 사람이다 보니 실수할 수 있으므로 감싸 안아주라고 이야기했습니다. 지금 그녀는 상처 받은 자신의 감정보다 가정이 소중하다는 뜻을 진심으로 남편에게 전하고 기다리는 중입니다.

사실 배우자의 곰보가 보조개로 보이는 건 한순간입니다. 몇 년간 계속 그렇지는 않습니다. 언젠가는 남편도 가정의 소중함을 알게 될 겁니다.

영화 〈슈렉Ⅲ〉를 보면 주인공 슈렉이 결혼 후에 닥친 복잡한 상황이 싫어서 결혼하기 전으로 돌아가게 해 달라고 합니다. 결혼하기 전으로 사랑하는 아내 피오나가 자신도 알아보지 못하는 상황에 부딪치고 나서야 가족의 소중함을 깨닫습니다. 잃어 봐야 아는 것입니다.

감정은 변합니다. 좋다가도 싫어지고 싫다가도 좋아집니다. 상황과 조건에 따라 느끼는 게 다를 수 있습니다. 좋을 때나 싫을 때나 충실함으로 자리를 지키면 언젠가는 상대방이 압니다. 그게 사랑의 완성이 아닐까 싶습니다.

많은 분들이 “저는 사랑이 없어요. 설렘이 없어요.”라고 말합니다. 365일 설렐 수 있나요? 그 기대 자체가 허무맹랑합니다. 부부는 설레는 감정으로 사는 게 아닙니다. 어떤 부부는 정으로, 믿음으로, 신뢰로 삽니다. 살면서 가끔 짜증도 냅니다. 햇빛이 비추기도 하지만 바람도 부는 것처럼 말입니다. 상대방이 화를 내는 것도 사랑이라는 것을 기억해야 합니다.

내 옆에 있는 사람이 계속 웃기만 바라면 인형을 데리고 살아야 합니다. 살아 있는 사람은 감정이 있습니다. 그러니 어떻게 매번 웃기만 하겠습니까. 그럼에도 돌아와야 하는 책임감으로 아빠, 남편의 자리를 지키며 가족으로 사는 것입니다.

사랑은 내 자리를 지키겠다는 충실함과 의지로 완성됩니다. 어떤 상황에도 자기 자리로 돌아오는 힘은 사랑에 의해 키워집니다. 짜증이 나고 그만두고 싶을 때, 좋았던 때의 아름다운 기억을 떠올려 보세요. 둘이 알콩달콩 시작했던 시간을 되새겨 보세요. 웃음이 날 겁니다. 잔잔히 미소가 떠오를 겁니다.

시간을 내서 부부 동반 여행을 떠나는 것도 사랑을 키우는 방법입니다. 아이 없이 좋았던 때를 떠올리면서 둘만의 추억을 만들어 보세요. 서로 정성스런 편지를 주고받는 것도 방법입니다. 그렇게 사랑하며 웃으세요.

사랑하세요. 사랑하면 저절로 웃음이 납니다. 설렌 적 있으시죠? 저절로 입가에 미소가 번지고 누군가를 생각하면 쿵쿵 가슴이 뛴 적도 있을 겁니다. 그럴 때는 아무리 가정이나, 회사에서 스트레스를 받아도 너그럽게 넘기게 됩니다. 그게 사랑의 힘입니다. 웃음을 주는 사랑, 많이 많이 하세요.

우울한 기분이 드는 순간 부정적인 시각에서 벗어나 긍정으로 눈을 돌려야 합니다. 우리가 웃는 훈련만큼 연습해야 할 것은 긍정적인 사고를 갖는 것입니다. 긍정은 시련과 절망을 쉽게 뛰어넘도록 도와줍니다.

긍정하는 마음

가끔 생각만큼 일이 되지 않을 때가 있습니다. 오늘이 그런 날이었습니다. 신기하게도 일이 계속 어긋나 버리는 머피의 법칙이 꼭 들어맞는 날이었습니다. 명동에 미사를 드리기로 약속이 되어 있었습니다. 그래서 아침 미사를 드리지 않고 잠깐 외출해 자매 한 분 기도해 드리고 명동으로 향했습니다. 아침부터 부지런히 움직인 저는 상당히 피곤한 몰골이었습니다.

아침에 원장님께서 저녁 6시에 사진전이 있고 7시에 1만여 명 정도의 수도자와 사제가 모이는 미사가 있다고 했습니다. 그래서 제가 헐레벌떡 명동성당에 도착한 시간은 저녁 6시 15분이었습니다. 조금 늦는 바람에 명동성당에는 이미 저녁미사가 진행되고 있었습니다. 그래서 저는 여기저기 분위기를 살피며 7시 미사를 어디서 드릴까 하고 장소를 물색했습니다.

그런데 이게 무슨 일인지 7시 미사가 오후 2시에 시작해서 4시에 끝났다는 것이 아닙니까. 한숨이 절로 나왔습니다. 미사는 드려야 하는데 시간은 지났지 눈물이 핑 돌았습니다.

이를 어쩌나 곰곰이 생각한 지 얼마 지나지 않아 우리 성 도미니코 선교 수녀회의 수녀님 세 분이 오셨습니다. 그들도 미사가 저녁에 있는 줄 알고 왔는데 이미 했다는 이야기에 표정이 멍해졌습니다.

이미 벌어진 일인데 어쩌겠습니까. 긍정적으로 생각하고 저희는 미아동에서 명동까지 나온 기념으로 그냥 가기 섭섭하여 차라도 한 잔씩 마시기로 했습니다. 봄바람이 꽤나 따스하고 좋아 카페에서 커피를 마시며 한껏 이야기를 나누었습니다. 그리고 평소 이용하는 지하철 대신 바깥 풍경을 볼 겸 버스로 가려고 롯데백화점 맞은편에서 미아역으로 가는 버스를 탔습니다.

그런데 한참을 가다가 갑자기 한 수녀님이 한성대학교 입구에서 내리자고 했습니다. 교리신학원에서 8시에 미사가 있다는 것이었습니다. 얼떨결에 우리 모두는 그곳에서 내렸습니다. 역에서 교리신학원까지 그렇게 먼 줄 몰랐습니다. 알아보니 혜화동 로터리에서 내렸으면 바로 코앞이라고 하더군요. 그래서 우리는 다시 길을 건너가서 혜화동 로터리로 향하는 273번 버스를 탔습니다. 그런데 또 잘못하여 로터리를 놓쳐 혜화역에서 내렸습니다. 시간이 5분밖에 남지 않았는데 말입니다.

우리는 미사에 늦지 않으려고 정말로 눈썹이 휘날리게 뛰었습니다. 상상이 가세요? 4명의 수녀가 흰 스카풀라를 휘날리며 열심히 뛰거나 경보하는 듯한 모습이요. 게다가 교리신학원은 오르막길에 위치해 있어서 숨이 턱까지 차올랐습니다. 그렇게 어렵사리 찾아갔건만 그곳에서도 도착 한 시간 전인 7시에 미사를 드렸다는 것이었습니다.

힘이 쫙 빠졌습니다. 그 순간 마음이 참 착잡했습니다. 다리는 아프고 배도 고프고 꼴이 말이 아니었습니다. 그런데 기분이 가라앉는 것도 한순간이었습니다. 우리 수녀님들은 밤에 시원한 공기를 마시며 걸을 수 있다고 좋아했습니다. 참으로 낙천적이지 않나요?

기분이 어두워질 수 있는 순간에 부정적인 시각에서 벗어나 긍정으로 눈을 돌리는 것이 참 중요합니다. 웃는 훈련만큼이나 우리가 연습해야 할 것은 바로 긍정적으로 생각하는 습관입니다.

어떤 사람은 자신의 성격이 원래 비판적이고 밝지 못하다고 말합니다. 그러나 긍정적인 사고는 타고나는 것이 아닙니다. 우선 자신감을 가지고 약점에만 집착하지 말고 장점을 더욱 보는 연습부터 시작해야 합니다.

간혹 키가 작다, 외모가 형편없다, 학벌이 모자란다 등 여러 이유로 스스로를 비하하는 경우가 있습니다. 그때는 이렇게 외쳐 보세요.

"키가 작으면 어때. 유능한 사람은 작은 사람이 더 많지."

사실 매일 긍정적인 생각을 하며 살기란 쉽지 않습니다. 그렇지만 매일 15초씩 10회 다음과 같은 말을 큰소리로 외치는 것은 가능합니다. "난 내가 참 좋다." "난 내가 그냥 이유 없이 지금 그대로 참 좋다." "난 사랑스럽다." "난 소중하다." "난 아름답다." "난 잘 될 거야." "난 점점 더 좋아질 거야." 이런 긍정의 말을 늘 자신에게 해 주세요.

이렇게 긍정적인 생각은 우리에게 큰 영향을 미칩니다. 밝은 생각과 웃음은 닥쳐오는 시련과 절망을 쉽게 넘어갈 수 있게 만드는 힘이 됩니다. 그래서 오늘도 저는 고생한 저에게 긍정의 말을 하려고 합니다.

"잘했다."

4부
웃음 바이러스

누군가 내 이름을 부를 때면 웃으며 대답해야 합니다. 활기찬 자신의 에너지를 상대가 느끼도록 말입니다. 서로 웃음으로 화답하면서 우리는 살아갈 힘을 얻게 됩니다. 삽시간에 행복한 기운이 감돌게 됩니다.

조폭 수녀님

가을비가 내렸습니다. 책이나 읽을 겸 도서관을 찾아갔습니다. 투명한 차창 너머로 빗방울이 맺히는 모습을 보고, 빗소리를 들으니 왠지 가슴이 뭉클했습니다. 마치 가을 여인이 된 것 같았습니다. 그래서 잠시 책을 내려놓고 편지 한 통을 썼습니다. 마음속으로 '가을에는 편지를 하겠어요. 누구라도 그대가 되어.' 흥얼흥얼 노래하면서 말이죠.

아름다운 가을을 물씬 느꼈더니 기분이 아주 좋아졌습니다. 가끔은 이렇게 분위기에 취해서 내일 일을 걱정하지 않고 오늘 이 순간을 즐기는 것도 필요한 것 같습니다.

요즘 강의를 다니면서 바쁘다는 푸념을 입에 달고 살았습니다. 그러다 보니 가을이 언제 왔는지도 모를 만큼 소중한 것을 많이 지나치는 것 같습니다. 며칠 전 읽은 토머스 머튼의 《장자의 도》에서는 이런 우리 삶을 다음과 같이 표현했습니다.

어떤 사람이 제 그림자의 모습에 두려워하고 또 발자국에 마음이 상해 둘 다를 떼어 내기로 마음을 먹었습니다. 그가 선택한 방법은 그들에게서 도망치는 것이었습니다. 그래서 그는 그들로부터 도망치기 위해 달렸습니다. 그러나 발을 내려놓는 순간 발자국이 생겼습니다. 그 그림자는 어렵지 않게 그를 따라잡았습니다. 그는 자신의 실패를 스스로 빨리 달리지 않은 탓으로 돌렸습니다. 그래서 그는 쉬지 않고 점점 빨리 달리다 마침내 쓰러져 죽었습니다.

단순히 그가 그늘 안으로 들어서기만 했더라면 그의 그림자는 사라졌을 겁니다. 또 앉아 조용히 머물러 있기만 했다면 더 이상 발자국은 생기지 않았을 것을 그는 몰랐습니다. 정말 온 힘을 다해 뛰다 지치는 우리의 모습과 많이 닮았습니다.

설령 하늘을 바라볼 시간조차 없어도 두 손을 내려놓고 고요 속에 잠시 머물러 볼 일입니다. 그리고 저는 바쁘다는 말을 바꾸기로 했습니다. 웃을 여유는 있다고. 바라볼 여유, 대답해 줄 여유는 아직 있다고 말이죠. 그리고 한번 웃어 주려고요.

가을바람이 선선히 부니 10월에 만났던 한 꼬마 녀석이 떠오릅니다. 중학교 3학년인 그 아이는 위탁형 대안 학교에서 한 달 동안 실습을 할 때 만났습니다. 남학생인데 유독 여자아이처럼 하고 다니고 또래 여자아이들하고만 어울려 다니던 아이였습니다. 그래서인지 사실 그 아이의 성 정체성이 걱정도 되고 해서 괜스레 마음을 많이 썼습니다.

그런 마음에 2박 3일 길 찾기 캠프를 가서 더 살갑게 아이들과 신나게 놀았습니다. 제가 원래 신명 나게 살자 주의입니다. 그리고 사실 수녀님들 진짜로 잘 놉니다. 내면에 흥, 열정이 없으면 수도 생활이 어렵기 때문입니다.

180명의 수녀님을 대상으로 종신서원을 할 때 작성한 자기 소개서와 수명 간의 관계를 밝힌 연구가 생각납니다. 연구자들은 자기 소개서에 드러난 긍정적인 감정을 수량화해 활기찬 집단과 무미건조한 집단으로 구분하고, 이들이 몇 세까지 살았는지 조사했다고 합니다.

그 결과가 어땠는지 아세요? 활기찬 수녀들은 90퍼센트가 85세까지 산 반면, 무미건조한 수녀들 가운데 85세까지 산 사람은 34퍼센트에 불과했다고 합니다. 나아가 활기 넘치게 지낸 수녀들은 54퍼센트가 94세까지 살았지만, 그렇지 않은 수녀들 가운데 94세까지 산 사람은 11퍼센트밖에 되지 않았습니다.

이 연구에 따르면 우리 도미니칸들은 오랫동안 살 것 같습니다. 모두 혼자서도 잘 놀고 아무거나 잘 먹고 잘 자고 그러니까요.

아무튼 그 아이가 생각한 수녀상은 저와 정반대였나 봅니다. 두 손을 곱게 모으고 입은 살포시 다물어 얼굴에는 아름다운 미소를 살짝 띤, 그리고 걸을 때도 나비처럼 사뿐사뿐 걸을 줄 알았나 봅니다. 나중에 아이들이 말하기를 제가 수녀이길 포기한 사람처럼 박장대소하며 너무 괄괄했다나요.

그래서 그런지 그 아이가 하루는 제게 찾아와 정중히 물었습니다.

"수녀님, 저기… 질문이 하나 있는데요. 물어봐도 돼요? 진짜 궁금해서요."

저는 아이의 진지한 태도에 사뭇 긴장했습니다. 무엇이기에 이리도 점잖게 물어보나 싶었습니다.

"응. 그래. 물어봐. 뭐가 궁금한데?"

"저, 저기 수녀님… 진짜 수녀 맞아요?"

사실 그 질문을 듣자 웃음이 나오려 했습니다. 그렇지만 저는 아이의 심각한 표정과 태도가 너무 귀여워 골려 줄 셈으로 정색을 한 채 아주 작게 말했습니다.

"이리 와 봐. 너만 알아야 해. 사실은 비밀인데… 실은 나 조폭이야."

나의 폭로에 아이는 배를 잡고 웃었습니다. 카랑카랑한 아이의 웃음이 얼마나 듣기 좋았는지 모릅니다.

그다음 날 학교에 갔더니 이상한 소문이 삽시간에 번져 있었습니다.

"아가다 선생님이 조폭이래. 온몸에 문신이 있고 소주를 빨대로 먹는대. 어쩐지 너무 잘 논다고 생각했어. 우와."

그 녀석은 신이 나서 저만 보면 빙그레 웃으면서 그렇게 떠들고 다녔던 겁니다. 뭐가 그리 재미있고 신나는지 알 수는 없지만 조폭인 수녀가 그리 싫지 않았나 봅니다. 수녀의 통상적인 이미지를 벗어나 보통 사람들과 비슷하다고 생각했던 모양입니다.

그래서 저는 지금도 그곳에 가면 조폭 수녀로 통한답니다. 조폭 수녀라…. 사실 저는 하느님의 조직원으로서 품위를 지켜야 합니다. 그러나 실은 늘 폭소를 터트리는 수녀지요. 저는 그게 하느님이 주신 개성이라고 생각해서 아이들이 "조폭 수녀님." 하고 부를 때마다 방긋 웃습니다.

세상이 선물이라고 생각해야 합니다. 내게 주어진 것과 내가 누리고 살아가는 것 중에 내 것은 아무것도 없다고 생각해야 합니다. 이웃과 사랑하는 가족도 선물입니다. 우리가 가진 것 모두가 선물입니다. 그러니 감사하며 웃어야 합니다.

선물

해도 해도 끝이 없는, 누군가를 위해 내놓을 수 있는 큰 사랑. 친구를 위해 목숨을 내놓는 사랑보다 더 큰 사랑은 없습니다. 가장 소중한 것을 내놓는 것이 사실은 내가 진정으로 사랑하고 있음을 증명하는 큰 길입니다. 그래서 예수님도 우리를 위해 죽었고 순교자도 그 믿음을 지키기 위해 마음을 바쳤던 것입니다. 그 어떤 장애물도 믿음의 길을 갈라놓을 수 없도록 목숨을 걸었습니다.

그 절절한 사랑을 나누고 싶습니다. 일상생활에서도 매 순간 사랑을 선택할 수 있습니다. 밥 먹는 일, 빨래하는 일, 이 모두가 누군가를 사랑하기 위한 일이라면 기도가 됩니다. 수녀들이 어떤 일을 할 때의 마음가짐처럼 말입니다.

저희 도미니칸은 강의를 하는 일이나 걸레를 들고 청소하는 일이나 같다고 생각합니다. 내가 누군가를 위해 사랑해서 하는 거라면 청소는 청소로 끝나지 않고 거룩한 행동이 됩니다.

아이를 키울 때도 항상 사랑하는 마음으로 헌신하면 기도가 됩니다. 사실 큰 성덕을 이룬 분 중에는 주방에서 일하는 분이 많습니다.

이런 분들은 음식 하나를 만들 때에도 기도를 올립니다. 또 주방 일은 늘 해도 해도 끝이 없고 굉장히 많이 움직입니다. 정말 고된 노동입니다. 만드는 데 두 시간이 걸리는 데 비해 사람들은 15분이면 다 먹습니다. 그리고 먹고 난 후 치우는 데도 한참이 걸립니다. 어찌 보면 그 정성과 노력에 비해 티가 나지 않는 일이기도 합니다.

그러나 음식을 하면서 기도를 올리고 정성을 다해서 음식을 만들면 맛이 달라집니다. 음식을 할 때 귀한 기도 시간이라 여기고 사랑의 마음으로 웃으며 사람들을 위해 하루를 헌신하겠다고 생각하는 것입니다. 그래서 부엌에 늘 성인, 성녀가 있습니다. 루르드의 벨라뎃다 성녀도 감자를 깎으며 부엌에서 일했습니다. 누군가를 사랑하는 마음으로 음식을 한 것입니다.

저희 집에 고등학교 3학년인 한 남학생이 자주 찾아옵니다. 그 친구는 친한 친구가 별로 없습니다. 그 친구가 말하기를 자신에게 두 명의 친구가 있는데 한 명은 헬스 트레이너이고 다른 한 명은 아가다 수녀, 즉 저라고 했습니다.

"너는 왜 나에게 놀러 오니?"

그러자 그 친구가 대답했습니다.

"수녀님께 왔다 가면 제 편이 생긴 것 같아서 든든해요."

사실 그 친구가 제 아들뻘인데 저랑 노는 것이라 안쓰럽습니다. 저를 편하게 생각하는 건 좋은 일이지만 한편으로는 또래 친구들과 관계를 잘 맺지 못하는 게 걱정스럽기도 했습니다.

제가 가끔 놀아 주곤 하는데 그 친구가 절 편하게 생각하며 한 그 말이 참 따뜻하게 들렸습니다. 저와 이야기를 나누고 나면 그 친구는 웃으며 돌아갔습니다. 사랑을 느끼는 모양이었습니다. '내가 혼자는 아니구나. 외롭지 않구나.' 많은 사람이 아닌 단둘이지만 그렇게 느끼고 가는 것이 살아가는 힘이 되는 것 같았습니다.

누군가 따뜻한 손길이 필요해 손을 내밀었을 때 그 손을 잡아 주세요. 힘든 이들을 위해 웃어 주세요. 그러면 '누군가 나를 사랑하고 나를 위해 애쓰고 있구나. 내 편이 있구나.' 라고 느끼며 살아갈 힘을 얻습니다.

요즘 자살하는 사람들이 많습니다. 나를 알아주는 단 한 사람이 없어서 안타깝게도 극단적인 선택을 합니다. 내 편인 사람이 없어서 죽는 것입니다. 이 세상에 단 한 명만 있으면 되는데 말입니다.

물론 가족도 우리를 사랑합니다. 하지만 타인이 내 편이 되어 준다는 사실은 가족이 내 편이 되어 준다는 것과 조금 다른 개념입니다. 이 친구는 타인이 가족처럼 자신을 사랑해 준다는 게 큰 힘인 것입니다. 사실은 우리가 숨 쉬고 있다는 것 자체가 신의 사랑입니다. 그분께서 숨을 거두어 가면 우리는 죽습니다. 우리를 태초에 창조한 것처럼 지금도 매일 숨을 불어넣고 매 순간 또다시 창조합니다.

인간이 강한 것 같지만 약합니다. 사실 우리는 하느님께서 숨을 거두어 가면 아무것도 할 수 없는 나약한 존재입니다. 숨 쉴 수 있다는 건 당연한 것이 아니라 감사할 일입니다. 지금도 병원에서는 움직이지 못한 채 호스를 통해 음식을 먹는 분, 걷지 못하는 분들이 많습니다. 우리는 하느님의 사랑 덕분에 살아가는 것입니다.

많은 사람들이 무엇 때문에 죽겠다, 라는 말을 많이 합니다. 한국 사람은 감기 때문에 죽겠다, 졸려 죽겠다, 배고파 죽겠다, 머리 아파 죽겠다, 이렇게 죽겠다, 저렇게 죽겠다는 말을 많이 합니다. 하지만 이제부터는 행복하다고 말해야 합니다. 죽는다는 말은 함부로 해서는 안 됩니다. 장난처럼 내뱉듯이 하는 것도 옳지 않습니다.

하나밖에 없는 목숨은 내 전부를 바칠 수 있는 분에게만 주어야 합니다. 뇌는 진짜와 가짜를 구분하지 못하기 때문에 죽는다고 하면 진짜 죽는 줄 압니다. 그래서 살겠다, 아파도 살겠다, 잘 살 것이라고 말해야 합니다.

세상이 선물이라고 생각해야 합니다. 다 나를 위해서 주어진 거라고, 내 생명이 내 것 같고, 내 몸이 내 것 같지만 내 것은 아무것도 없습니다. 건강할 때에는 내 마음대로 할 수 있지만 아플 때는 아무것도 할 수 없습니다. 이웃, 내 사랑하는 남편, 아내, 자녀도 선물입니다.

내게 주어진 선물이 얼마나 많나요. 이 세상 모든 것이 선물이라고 생각하고 오늘도 환하게 웃으세요. 그리고 누군가에게 선물로 받은 값진 웃음, 사랑이 담긴 따스한 미소를 지어 주세요. 그 누군가는 당신의 미소 때문에 생명을 얻을 것입니다. 소중한 삶을 누릴 것입니다.

웃고 싶지 않아도 웃어야 하는 이유는 울음이 아닌 웃음을 선택할 수 있기 때문입니다. 웃어야 한다고 생각하고 미소를 짓는 사람이 되어야 합니다.

웃음 훈련

웃음도 훈련해야 합니다. 운동처럼 해야 합니다. 한번 하고 마는 것이 아니라 꾸준히 해야 합니다. 훈련하지 않으면 아름다운 미소를 짓는 일이 쉽지 않습니다. 얼굴 근육이 웃음 근육으로 변화해야만 아름다운 미소가 나옵니다. 안 웃던 사람이 웃으면 이른바 썩은 미소가 나옵니다.

저도 가끔 울기도 하고 화내기도 합니다. 365일 웃을 수는 없으니까요. 저도 꼬박 매일 웃지 못합니다. 어떤 때는 성질을 내기도 합니다. 내 자신에게, 또는 사람들에게 따지기도 합니다. 이전에는 제가 하느님을 향해 건방지게 "내려와 보시죠." 이렇게 말한 적도 있습니다.

슬프면 우세요. 우는 것도 좋습니다. 그러는 와중에 웃음을 계속 훈련하는 겁니다. 웃음에는 이유가 없습니다. 그냥 웃는 겁니다. 혼자 거울을 보고 연습하세요. 선택해서 웃는 겁니다. 웃으면

세포가 살아나서 젊어집니다.

웃음 치료사는 보통 웃길 때 웃는 것을 초급 웃음이라고 말합니다. 웃길 때만 웃는 초등학생 웃음이라는 것이지요. 그와 반대로 내가 웃음을 선택해서 스스로 웃는 것을 전문 웃음이라고 합니다. 웃음의 주인이 되는 겁니다. 내가 웃겠다고 하면 웃을 수 있는 것이 바로 전문 웃음입니다.

저는 전문 웃음으로 항상 초급 웃음을 짓게 하는 웃음 치료사 아가다입니다. 여러분이 웃고 싶을 때 주저하지 않고 웃을 수 있는 방법을 전파하겠습니다. 지금부터 다 함께 전문적 웃음의 주인이 되어 볼까요? 하하하!

늘 감사하는 마음으로 살아야 합니다. 감사하면 건강해지고 생기가 돕니다. 무조건 감사해야 합니다. 감사하는 데 조건은 없습니다. 잘될 때만 감사하다 보면 평생 몇 번의 감사도 못하고 떠나게 됩니다.

조건 없는 감사

매일매일 반복되는 일상이지만 오늘은 누군가를 만나고 기도하고 준비하고 주어진 일을 순간순간 충실히 해내며 살자 생각해 봅니다. 복잡하게 살지 말고 오늘과 내일을 위해서만 살자고 다짐해 봅니다. 하루를 보내면서 일정한 시간에 기도하는 일이 저에게는 굉장히 중요합니다.

묵상하면서 깨달은 게 하나 있습니다. 하느님은 마지막 말을 굉장히 중요하게 여기신다는 것입니다.

사람의 앞날은 알 수 없어서 하룻밤을 자고 깨어날 수도 있고 깨어나지 못할 수도 있습니다. 제 주변에 아는 분들 중에서도 40대 남성의 돌연사가 많았습니다. 잘 자다가 깨어나지 않는 경우입니다. 죽음에 대한 준비를 전혀 하지 못한 채 떠나는 겁니다.

그래서 저는 웃음 치료할 때 감사의 말을 많이 하도록 합니다. 그리고 아침에 일어나 눈을 뜨고 감사의 인사로 입을 열라고 말합

니다. "감사합니다. 오늘도 저희에게 아침을 허락해 주셔서…." 잠자리에 들기 전에는 "하느님, 감사합니다. 오늘도 하루를 잘 살 수 있도록 도와주셔서…. 무사히 잠자리에 들게 해 주셔서 고맙습니다." 그러면 그날 밤에 설사 죽음을 맞이한다 하더라도 마지막에 감사의 말이 남습니다. 항상 시작을 감사로 열고 하루를 마감할 때도 감사와 찬양으로 마무리하기 바랍니다. 그러면 하느님께서 그 마지막 감사를 기억하실 겁니다.

수시로 감사하면 세포가 변합니다. 감사하면 건강해지고 생기가 돕니다. 이건 진짜입니다. 무조건 감사하는 겁니다. 감사하는데 조건이 없습니다. 어떤 처지에 있어도 감사하세요. 잘될 때만 감사하면 일생에 몇 번 감사하지 못하고 죽습니다.

감사하면 하루하루 웃을 수 있습니다. 왜냐하면 일상 그 자체가 고맙기 때문입니다. 인도의 간디가 말했습니다. "감사의 분량이 행복의 분량"이라고. 만나는 사람이 고맙고, 내가 태어나 무사히 숨 쉬고 있다는 사실이 고맙고, 건강해서 고맙고, 일을 할 수 있어서 고맙습니다. 고마워하면 저절로 마음에 평안이 찾아오고 얼굴에 미소가 어립니다. 행복해집니다. 삶이 고마우니까 웃고 행복해지는 겁니다.

자기 몫만 고집하지 말고 서로 나누어야 합니다. 그러면 구김살 없이 웃을 수 있습니다. 넉넉한 마음이 밑거름이 되어 세상은 온기로 가득할 것입니다.

웃음 피정

보통 대부분의 사람들이 여름휴가 때 캠프를 갑니다. 저는 가족과 함께 피정을 가라고 추천합니다. 피정이란 피세정념避世靜念이라고 해서 세상을 떠나서 조용한 곳에 머문다는 말입니다. 일상에서 벗어나 하느님 안에 머문다는 뜻입니다.

피정을 통해 자기 자신을 만날 수 있습니다. 그래서 저는 많은 분들께 피정을 적극적으로 추천합니다. 피정의 경우 대상에 따라, 프로그램을 짜는 의도에 따라 진행이 달라집니다. 젊은이, 어린이, 어른, 가족, 부부, 연인을 위한 피정도 있고 어린이부터 어른에게 복음을 전하는 피정도 있습니다.

제가 주로 하는 피정은 웃음과 기도가 함께하는 피정입니다. 그래서 피정 온 분이 많이 이야기하길 기도할 때는 기도만 해야 하는 줄 알고, 놀 때는 노는 것만 가능한 줄 알았다고 합니다. 놀면서 기도하고 기도하면서 놀 수 있다는 건 처음 알았다고 말합니다.

피정에 오는 이들 중 95퍼센트는 삶이 힘겨운 사람들입니다. 삶에 지친 사람들이 참여합니다. 그들이 웃음으로 회복하고 돌아갑니다.

피정은 타 종교를 가진 분도 함께할 수 있다고 생각합니다. 비신자라고 걱정할 것 없습니다. 미사 보는 것에 부담이 없으면 괜찮습니다. 피정을 통해 자기를 사랑하고 이웃을 사랑하게 됩니다. 이것이 피정의 큰 효과입니다.

3박 4일의 침묵 피정도 합니다. 침묵은 백 마디 말보다 큰 힘이 있습니다. 침묵하면서 깊이 있게 참 자아를 만납니다. 우리 자신이 변화하지 않는 것은 진정으로 자신의 모습을 보지 못해서인데 이 침묵 피정을 하면서 자기 자신을 발견하게 됩니다.

침묵 피정을 가면 독방을 쓰고 침묵을 수행하는데 자신만의 내밀한 언어를 들을 수 있습니다. 세상이 시끄럽기 때문에 듣지 못했던 많은 속삭임이 들립니다.

5박 6일 동안의 피정을 마치면 다들 얼굴빛이 환해집니다. 그래서 만나는 사람마다 "뭐 했니. 예뻐졌다."라고 말한답니다. 마음을 다스리면 얼굴에 빛이 납니다. 저도 기도나 웃음 강의를 끝내고 나면 "수녀님, 참 아름답습니다."라는 말을 듣습니다. 아름답다는 말은 빛이 난다는 뜻입니다. 제가 기도할 때 찍힌 사진은 평상시와

표정이 다릅니다. 얼굴에서 빛이 납니다. 절망에서 희망으로, 무표정에서 미소 띤 얼굴로 돌아섭니다.

피정을 마쳐도 별로 달라진 게 없다면 기대가 많아서일 겁니다. 어떤 분은 처음에는 묵주기도를 힘들어합니다. 저 같은 경우에도 같은 말을 반복하는 게 힘듭니다. 제가 가장 어려워한 것도 묵주기도였습니다. 그러고 보면 묵주기도를 많이 하는 로사리오회를 지도하는 성 도미니코 선교 수녀회에 간 것도 놀라운 일입니다. 같은 말을 반복하는 것도 어려운데 묵주기도는 성모송을 10회씩 반복합니다. 그러니 제가 얼마나 힘들었겠습니까.

힘들어도 참고 기도를 하니 제 자신이 조금씩 변하는 것을 느꼈습니다. 기도와 피정은 사람을 변화시킵니다. 얼굴빛을 아름답게 하고 삶의 평화를 느끼게 합니다. 피정 와서 웃고 기도하고 행복해지세요. 하하하!

오늘이 생의 마지막 날이라면 우리는 어떤 모습으로 살아갈까요. 내일이 오지 않는다고 생각할 때 답은 하나였습니다. 웃음. 마지막에 한 번 더 웃는 사람이 아름답게 떠날 수 있을 것입니다.

행복한 밤

평촌, 원주, 대전 등 지방 강의를 마치고 본가에 돌아와 하룻밤을 보내는 날입니다. 가족이 있는 집에서 저녁 식사를 하면 늘 평소보다 더 잘 먹고 오랫동안 이야기하게 됩니다. 단출한 밥상을 가운데 두고 마주 보면서 서로 두런두런 이야기를 하다 보니 행복을 한 그릇 가득 꽉꽉 눌러 담아 먹는 기분이었습니다.

식사를 마치고 과일을 깎아 먹는데 어머니께서 장난스럽게 정말 푸우를 닮았다고 놀렸습니다. 저는 한 달 평균 25회의 강의를 소화하려면 이 정도는 먹어야 체력을 유지할 수 있다고 대꾸했습니다. 그리고 제가 제일 많이 듣는 말이 "이 수녀님을 뵈면 참 편안해요." "수녀님은 너무 푸근해요!" "사랑이 많으세요."라고 은근슬쩍 자랑합니다. 이 넉넉한 풍채에서 우러나오는 편안함이 저는 좋습니다. 지금의 제가 참 좋습니다.

그런데 평가에 익숙해진 우리는 어떤 일이든 어떤 상황이든 무조건 규격화된 잣대를 들이대고 만족할 만한 점수를 받아야만 심리적으로 안정이 되는 것 같습니다. 그래서 많은 사람들이 외적으로 좋은 평가를 받기 위해 다이어트도 하고 뭔가를 잘하겠다는 생각으로 자기 자신을 부담스럽게 만듭니다. 그리고 더 많은 것을 가지려는 욕심을 부립니다.

우리는 종종 자신이 원하는 모든 것을 이룰 수 있도록 강하게 해 달라고 기도를 합니다. 그러나 강함 대신 약함으로 우리는 겸손함을 얻습니다.

이채욱 GE코리아 회장은 자신의 큰 장점을 "내가 모른다는 것을 안다는 사실."이라고 말했습니다. 예를 들어 삼성 GE 의료기 사장에 취임했을 때 그 분야에는 문외한이었기 때문에 각 분야의 뛰어난 사람을 배치하고 그들을 끝까지 믿으면서 철저하게 권한을 위임했다고 합니다.

강하지 않기에 사람들을 신뢰했고 그 결과 더 많은 성과를 이루어 냈다고 고백했습니다. 때때로 강함은 자기 자신만을 바라보게 합니다. 그리고 자신을 누구보다 믿어 거만하게 만듭니다. 그러나 연약함은 교만 대신에 겸손함을 얻게 하니 더 값진 게 아닐까 하는 생각이 듭니다.

또 우리는 더 큰일을 하기 위해 건강하게 해 달라고 간구합니다. 하지만 이 세상에는 건강하지 않은 많은 이들이 의미 있는 일을 하기도 합니다. 언젠가 TV에서 네 손가락의 피아니스트 이희아 양이 피아노 연주를 하는 것을 본 적이 있습니다. 눈을 감고 들어보니 열 손가락으로 건반을 친다고 해도 믿을 만큼 너무나 아름다운 연주였습니다. 네 손가락으로 피아노 연주가 가능할까 의심했던 제 마음이 부끄러웠습니다.

희아 양은 장애로 좌절하지 않고 오히려 다른 이에게 희망과 가능성을 안겨 주었습니다. 이처럼 건강을 갖추지 않아도 더 뜻깊은 일을 할 수 있습니다.

어떤 이는 행복하기 위해서 부자가 되어야 된다고 말합니다. 그러나 가난으로 헛된 것에 미혹되지 않는 지혜로운 인생을 꾸리는 사람도 있습니다. 자신의 전 재산을 빈민을 위해 기부하며 돈이 있다고 행복한 것은 아니라고 말하는 사업가, 김밥을 팔아 모은 돈 3억 원을 어려운 어린이를 위해 기부하는 할머니 등을 보면 행복은 부유한 것에 있는 것이 아니라는 사실을 알 수 있습니다.

또 어떤 이는 찬사를 받기 위해 재능이 있었으면 좋겠다고 토로합니다. 그러나 재능을 타고나지 못했기 때문에 함께 협력하여 목적을 이루어 내는 기쁨을 누릴 수 있습니다.

저는 고독한 천재 화가 고흐의 후기 작품을 보면 그의 외로움이

느껴지곤 합니다. 시대를 앞선 재능으로 인해 고독했던 그는 결국 자살했습니다. 우리는 그의 재능을 부러워하고 우러러봤지만 그 안의 불안함과 공허함은 알지 못했던 것입니다. 모두 부족하기 때문에 더 많은 것을 누리고 있는 것일지도 모릅니다.

많은 것을 가지고 있지 않다고 생각하지만 이미 넘칠 만큼의 축복을 받지 않았습니까. 우리가 가지지 못한 것을 꼽아 보기보다는 가진 것을 세어 보세요. 사랑하는 가족이 있고, 건강하며, 꼭 필요한 만큼의 재물을 가지고 있다면 그것만으로도 다행인 일이 아닌가요.

하루를 마감하면서 짧은 글 하나라도 마음에 새겨야겠다는 생각에 몇 자 끼적거리고 있는데 어머니께서 저를 부릅니다. "아가다." 하고 부르면 저의 입가에 미소가 떠오릅니다. 나를 사랑하는 사람들이 곁에 함께한다는 든든함에 행복합니다. 사랑할 수 있어서, 사랑받을 수 있어서 좋습니다. 욕심 없이 작은 것에 만족할 수 있어서 기쁩니다. 이 밤, 저는 행복합니다.

마음이 있으면 길은 있습니다. 중요한 것은 마음이고 결단입니다. 어떤 일을 하든지 결단이 중요합니다. 결단을 하는 순간 희망하던 결과가 조그맣게 움트는 것을 볼 수 있습니다.

초보 운전

툭하면 넘어지는 저는 얼마 전 또 다리를 다쳐서 휴가 차 집에 내려와 쉬고 있었습니다. 그런데 아침 미사를 드리고 싶은 마음에 조카의 자동차를 빌렸습니다. 3년 전에 몇 번 운전 연습을 한 게 생각이 나서 잘하면 될 듯싶어 자는 조카를 깨웠습니다. 이른 아침에 곤히 자던 조카는 몽롱한 표정으로 깨어나 제게 자동차 키를 넘겼습니다.

조카에게 받은 자동차 키를 들고 있자니 괜히 웃음이 나왔습니다. 아마 조카는 모를 겁니다. 제가 운전을 얼마나 하는지…. 그저 잠에 취해 비몽사몽한 상태로 자동차 키를 준 것이니까요.

지하 주차장으로 내려가서 차에 시동을 걸고 그다음에 기어를 내려서 어떻게든 해 보려고 노력했습니다. 그런데 아무리 해도 안 되는 것이었습니다. 라디오에서는 정신없는 노래가 흘러나와 마음을 더욱 심란하게 했습니다. 손에 땀이 흥건히 배어 나오고 어찌할 줄 몰라 차 안의 버튼을 이것저것 만져 보았습니다.

'미사 시간은 10분밖에 안 남았는데 어쩌면 좋을까.' 하는 고민이 머릿속을 휘저어 놓았습니다. 게다가 어머니는 아무것도 모른 채 딸이 운전을 잘하는 줄 알고 저를 따라 나오셔서 어서 가자고 재촉했습니다. 아무 생각이 나지 않아 우왕좌왕하는 저를 지켜보던 어머니는 결국 자는 언니에게 전화를 걸었습니다.

저는 전화로 언니에게 차가 안 움직인다고, 기어가 안 들어간다고 당황한 목소리로 말했습니다. 그리고 고백했습니다. 운전을 어떻게 하는지 전혀 기억이 나지 않는다고 말이죠. 언니는 그 말을 듣고 어이가 없는지 한참을 웃었습니다. 그러면서도 잠이 더 중요한지 내려올 기색은 보이지 않았습니다.

"사이드 브레이크 내려. 기어는 브레이크를 밟고 넣어야 해. 후진은 R이고 전진은 D에 놓고 해 봐."

언니의 말대로 했더니 차가 그제야 움직이기 시작했습니다. 알고 보니 전혀 어려운 게 아니었는데 왜 이렇게 헤맸는지 헛웃음이 나왔습니다.

3년 만에 자동차를 운전하니 떨리면서도 제가 원하는 대로 차가 움직이니까 마냥 신기했습니다. 걷는 것과 비슷한 속도로 주차장을 기어 나와서 성당으로 향했습니다. 아마 그때 누군가 경보를 해서 제 차와 경주를 했더라면 저보다 훨씬 먼저 성당에 도착했을지도 모르겠습니다. 어쨌든 느릿느릿 성당 마당까지 잘 도착했습니다.

오랜만에 운전을 하느라 긴장을 해서 미사에 깊이 집중할 수는 없었지만 이른 아침에 복음 말씀을 듣는 것은 제게 기쁨을 주었습니다. 미사를 마치고 나오니 마음이 차분히 가라앉으면서 왠지 모를 든든한 기분이 들었습니다. 하느님과 함께한다는 자신감으로 저는 다시 집으로 가기 위해 운전대를 잡았습니다. 아무것도 모르는데 배짱 두둑하게 운전을 하니 차가 말썽을 피웠습니다.

집으로 가는 길에 좌회전이 있기에 생각 없이 핸들 옆에 붙어 있는 작대기를 움직였더니 좌회전 깜빡이는 켜지지 않고 윈도우 브러시가 윙 하고 움직이는 것이었습니다. 순간 어떻게 꺼야 할지 몰라 당황스러웠지만 그래도 가는 데는 지장이 없었으므로 그냥 내버려 둔 채 천천히 차를 몰고 아파트 주차장까지 왔습니다.

주차장에 도착했는데도 계속 윈도우 브러시가 멈추지 않고 움직였습니다. 그래서 작동하는 모습을 보아 눈치로 윈도우 브러시가 아래로 내려올 때 바로 시동을 껐습니다. 조금은 무식한 방법이지만 그래도 정신없이 움직이던 브러시가 얌전해져서 제 나름 만족했습니다. 안도의 한숨을 쉬고 주차를 했는데 역시나 운전 초보

자에게 주차는 어려웠습니다. 초보 운전이라는 티를 감추지 못하고 삐딱하게 주차를 하고 내렸습니다.

집에 도착해 운전한 것을 떠올려 보니 웃기기도 했지만 어이없는 사건이기도 하다는 생각이 들었습니다. 그래도 미사를 드리겠다는 일념으로 모든 게 순조롭게 이루어졌으니 그저 감사할 따름입니다. 어찌 되었든 저는 별 탈 없이 운전해서 미사를 다녀왔으니 할 일을 제대로 치룬 셈입니다.

조금 있다가 조카를 깨워서 운전 강습을 해 달라고 부탁하려고 합니다. 아마 제 무용담을 들으면 조카는 기겁을 하겠지요. 시동도 제대로 못 켜는 제게 귀한 자동차를 넘겼다는 사실을 알면 얼마나 놀랄까요. 그 표정을 상상하니 웃음이 터집니다. 시골이라 이렇게 용감무쌍하게 차를 몰고 나간 게 아닌가 싶기도 합니다. 서울 같았으면 어림도 없었을 텐데 말입니다. 그것도 참 감사한 일입니다.

마음이 있으면 길은 있습니다. 중요한 것은 마음이고 하겠다는 결단입니다. 아침에 미사에 가겠다는 일념으로 성당에 도착해 말씀을 듣고 집에 올 수 있었습니다. 어떤 일이나 결단부터 하는 게 중요합니다. 결단을 하는 순간, 희망하던 결과가 따라옵니다.

저희 도밍고 청소년 센터에 오는 아이들이 가장 좋아하는 축구선수 박지성만 봐도 그렇습니다. 아이들과 친해지기 위해 박지성 선수의 기사를 자주 보곤 하는데 그때마다 그의 결단과 용기가 놀라울 따름입니다.

박지성 선수가 아인트호벤에 입단한 지 2개월 정도 되었을 때 그는 무릎 연골의 일부가 찢어져 수술을 했습니다. 고통스러운 재활 훈련을 받았지만 컨디션은 좋아지지 않았습니다.

그런 몸으로 네덜란드 축구의 빠른 스피드와 거친 몸싸움에 적응을 해야 했던 그는 이류 선수로 전락했습니다. 이전의 자신감을 잃고 절망하던 그에게 한 가지 유혹이 찾아옵니다. J리그 '비셀 고베'와 '교토 퍼플'이 박지성 선수에게 영입 제의를 해 온 것입니다.

특히 고베는 파격적인 금액을 제시하며 박지성을 구단의 간판 스타로 키우겠다는 제의를 했습니다. 아마도 그는 익숙한 무대인 일본으로 돌아가고 싶은 마음이 굴뚝같았을 것입니다. 그 당시 그는 늘 외딴 이국땅에서 언제 퇴출당할지 모른다는 불안감을 안고 있었고 게다가 팬들의 야유를 받고 있었습니다. 그러자 히딩크 감독은 고민하는 그에게 이렇게 말했습니다.

"너는 아직 포기하고 돌아갈 때가 아니다. 포기하지 말고 남아서 계속 도전해라. 난 내 눈을 믿고 너를 믿는다. 너는 아인트호벤에서 반드시 성공할 것이다."

히딩크 감독의 격려의 말에 그는 아이트호벤에 남기로 결단합

니다. 돈의 유혹을 뿌리치고 재도전을 택한 것입니다. 그는 슬럼프에서 벗어나기 위해 끊임없이 노력했고 결국 아인트호벤을 우승으로 이끌었습니다. 남아 있겠다고 한 그의 결단은 행동으로 이어졌습니다. 그래서 행동의 원천은 결단이고 의지입니다. 무언가 하고 싶은 게 있다면 지금 당장 마음을 먹으세요. 우물쭈물 언젠가 해야지 미루지 말고 하기로 결단해야 합니다.

대단한 것이 아니더라도 아주 조그만 것부터라도 결단하는 연습이 필요합니다. 별 볼일 없어 보이는 운전이라 할지라도 하나 해냈다는 만족감과 성취감은 이루 말할 수 없었습니다. 이런 기쁨이 하나씩 쌓여 나중에 큰일을 이루지 않을까 싶습니다.

그러고 보니 이전에 피정에 왔던 사람들을 위해 온라인 카페에 묵상 글을 올리겠다고 결심한 게 생각이 납니다. 바쁘다는 핑계로 소홀히 했었는데 이참에 온라인 카페에서 많은 사람과 소통을 하겠다는 결단을 내려야겠습니다. 그리고 조금씩 작은 것 하나씩 결단을 내리고 실천하는 하루를 살아야지 하고 마음먹어 봅니다.

늘 변화의 시작은 자기 자신입니다. 내가 선하게 변하면 상대방도 맞춰 변합니다. 사랑에서 사랑으로, 배려에서 배려로, 나눔에서 나눔으로 보답을 합니다. 어쩌면 우리가 무언가를 원해 억지로 받아 내는 것보다 더 많은 것을 덤으로 얻게 될지도 모릅니다.

내려놓음

왕 리본 머리띠를 쓰고 마이크를 들고서 강단에 올라섭니다. 사람들의 얼굴에 웃음기가 돕니다. 하지만 아직은 멋쩍은지 시원스레 웃지 못하고 보일 듯 말 듯 입꼬리를 올리면서 부끄럽게 웃습니다. 그럴 때 제가 자주 하는 행동이 있습니다. 바로 박수와 함성입니다.

강의를 시작할 때 사람들의 호응이 뜨거워야 무엇을 하든 분위기가 살고 웃음이 터집니다. 그래서 박수 받기를 원하고 함성 듣기를 원하는 제가 직접 박수를 치고 함성을 지르며 사람들의 호응을 유도합니다.

내가 받고 싶은 것을 스스로 실천하는 것입니다. 남이 해 주기를 원하고 아무것도 하지 않으면 아무 일도 일어나지 않기 때문입니다. 오히려 알아차리지 못한 그 사람에게 섭섭해질 뿐입니다. 그래서 웃음 강의 때 제가 선동해서 먼저 기쁨의 함성을 지르고 배를 잡고 깔깔 웃습니다. 그러면 사람들도 어느새 부끄러움을 잊고 제가 하는 대로 쭉 따라와 줍니다. 사람들이 어떤 행동이든 해 주기를 바랄 때에는 먼저 보여 주고 인도해야 합니다. 그러면 사람들이 제 움직임에 호응을 해 주고 웃음으로 대답해 줍니다.

이처럼 상대방이 나에게 다가오기를 기다리기보다 내가 상대방에게 다가가는 편이 훨씬 수월합니다. 내가 먼저 변화하는 것이 더 빠르고 서로 간의 불화가 생기지 않습니다. 그러나 대부분의 사람들은 종종 자신이 원하는 바를 말하지 않고도 타인이 알 것이라고 생각합니다.

한 자매가 제게 우스갯소리를 하나 해 준 것이 생각이 납니다. 그분이 배추 20포기를 혼자 김장하려니 너무 힘이 들어 남편에게 배추를 반 잘라서 소금물에 담그는 것을 도와 달라고 했답니다. 남편은 그 정도쯤은 거뜬히 할 줄 안다면서 순식간에 배추를 손질했습니다.

그런데 이를 어쩐다. 가서 보니까 배추를 세로로 가른 게 아니라 가로로 딱 절반을 잘라 놓은 겁니다. 그리고 밑동을 자르고 잎은 다 버렸는지 보이지 않더랍니다. 자신의 말을 곧이곧대로 듣고 거들어 준 남편에게 뭐라 할 수도 없고 결국 요상한 모양의 배추김치를 만들 수밖에 없었다고 이야기했습니다. 어찌나 웃기던지….

저는 그분에게 귀여운 남편이라고 농담했습니다.

우리는 제대로 의사를 전달하지 않고 왜 내가 말한 대로 하지 않았느냐고 도리어 성을 냅니다. 또는 내가 바라는 것 하나를 제대로 해주지 않는다고 잔소리를 합니다. 누군가가 변하지 않는다고 인상을 찌푸리기보다 내가 먼저 본이 되어 그 사람이 자연스럽게 따라할 수 있도록 해야 합니다.

남편이 무뚝뚝하게 굴면서 "네가 나를 만나서 이만큼 잘 사는 줄 알아."라고 말하면 십중팔구 대부분의 아내는 "잘났다. 잘났어."라고 맞대응을 합니다. 그리고 속상해 합니다. 왜 자신의 남편은 살가운 말 한마디 건네지 않는지 서운해 합니다. 그런데 만약 서로 언성을 높이지 않고 남편의 말에 웃으며 "그래. 같이 살아줘서 고마워." 하고 말하면 어떨까요. 아마 남편은 그 말에 미안한 마음이 들 겁니다. 젊은 나이에 자신 하나만 바라보고 시집 와서 이리저리 힘들게 살아온 아내에게 고마운 마음도 들 겁니다

또 모릅니다. 미안하고 고마운 마음에 선물을 줄지. 늘 변화의 시작은 자기 자신부터 해야 합니다. 내가 선하게 변하면 상대방도 맞춰 변합니다. 사랑에서 사랑으로, 배려에서 배려로, 나눔에서 나눔으로 보답을 합니다. 어쩌면 우리가 무언가를 원해 억지로 받아 내는 것보다 더 많은 것을 덤으로 얻게 될지 모릅니다.

마음에 여유가 있어 자연스레 우러나오는 웃음이 바로 진정한 웃음이라는 생각이 듭니다. 쉼은 일을 더 잘하기 위해서 에너지를 재충전하는 시간이라는 것을 알고 아끼지 말아야 합니다.

여유

우도에 다녀왔습니다. 5월이라 그런지 햇살이 따뜻하고 바닷가를 거닐기 참 좋은 날씨였습니다. 하얀 모래가 마치 좁쌀처럼 곱게 깔려 있어서 걸을 때마다 뽀드득 소리가 났습니다. 고운 해변에 발자국을 남기기도 하고 나뭇가지로 낙서를 하기도 하고 오랜만에 어린아이처럼 놀았습니다. 신발을 벗고 바닷물에 발을 담그니 여기가 낙원이라는 생각이 절로 들었습니다.

발가락을 간질이는 잔잔한 파도에 웃음이 비실비실 나왔습니다. 게다가 청명한 하늘을 맞댄 바다가 어찌나 아름답던지, 햇빛에 일렁이는 초록빛 물결을 한동안 넋 놓고 바라보았습니다. 아마 하느님이 아니고서는 이렇게 멋진 작품을 만들 수 없을 것입니다.

물에 젖은 발을 모래 위에 올려놓고 일광욕을 즐겼습니다. 서울에 있었더라면 강의를 준비하느라 분주했을 테지만 그곳에서는 마음껏 게으름을 피웠습니다. 사실 제가 예전에는 얼마나 게으름쟁

이였는지 말도 못합니다. 아침기도하고 밥 먹고 뒹굴뒹굴, 낮에도 밥 먹고 뒹굴뒹굴, 저녁기도 하고 밥 먹고 미사 다녀와서 또 뒹굴뒹굴 빈둥거렸습니다. 방바닥에 딱 붙어서 호떡이 되는 게 아닌가 싶을 때 어머니께서 와서 뒤집어 줘야 한다며 일을 시켰던 게 기억납니다.

요즘, 사람들에게 더 많은 웃음을 주고 하느님의 뜻을 하나라도 더 전하고자 하는 욕심을 부렸습니다. 바람직한 욕심이었지만 너무 과했는지 여유를 잃어버리고 살았습니다. 그동안 여유 없이 그저 웃음만 지은 것은 아닌지 되돌아보았습니다.

혹여 넉넉함을 잃은 웃음을 지었더라면 하고 생각을 하니 등골이 곧추섰습니다. 그 표정이 얼마나 무섭겠습니까. 얼굴 표정에는 조급함이 서려 있는데 입가에는 미소를 띠고 있는 모습, 생각만 해도 소름이 쫙 끼칩니다.

그러고 보면 마음에 여유가 있어 자연스레 우러나오는 웃음이 바로 진정한 웃음이라는 생각이 듭니다. 종종 사람들은 쉼이 노는 것이라고 생각합니다. 쉼은 일을 더 잘하기 위해서 에너지를 재충전하는 시간임을 알고 아끼지 말아야 합니다. 그래서 저는 우도 해변에서 꽤 긴 시간을 보냈습니다. 쏴 하고 연달아 들리는 파도 소리와 탁 트인 지평선을 보고 한가로이 있으니 참 행복했습니다.

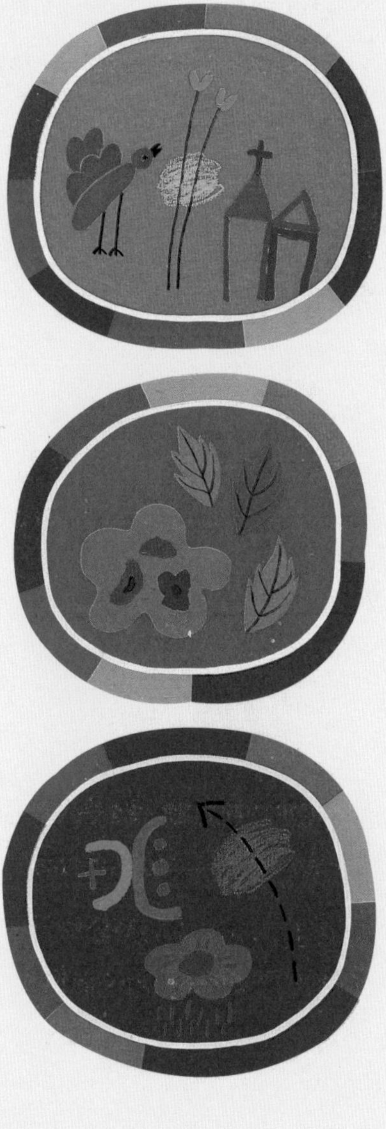

발에 물기를 다 말리고 돌담 길을 걸었습니다. 길을 걷다 보니 중학교 때 배운 김영랑 시인의 시 〈돌담에 속삭이는 햇발〉이 생각났습니다.

돌담에 속삭이는 햇발같이,
풀 아래 웃음 짓는 샘물같이,
내 마음 고요히 고운 봄길 위에
오늘 하루 하늘을 우러르고 싶다.

새악시 볼에 떠오르는 부끄럼같이,
시의 가슴을 살포시 젖는 물결같이,
보드레한 에메랄드 얇게 흐르는
실비단 하늘을 바라보고 싶다.

돌담에 등을 대고 있으니 오후 햇볕의 따뜻한 기운이 등으로 전해졌습니다. 햇빛이 돌담에게, 그리고 돌담이 저에게 다시 속삭이고 있는 듯했습니다.

풀 아래 웃음 짓는 샘물같이 내 마음에 기쁨이 찾아왔습니다. 짠 바다 냄새를 간직한 바람을 들이마시며 하늘을 바라보니 탄성이 나왔습니다. 드넓은 하늘 아래서 아름다운 풍경을 볼 수 있는 그 순간이 그저 감사하고 또 소중했습니다.

한껏 풍취에 젖어 있다가 등대 박물관으로 향했습니다. 걸어가는 길에 이름 모를 작은 꽃들이 서로 자신의 아름다움을 뽐내고 있었습니다. 좀 더 자세히 보고 싶은 마음에 자세를 낮추었더니 서서 볼 때와는 전혀 다른 모습이었습니다. 얼마나 작고 예쁜 꽃이 많은지…. 어쩜 이리도 완벽한 자태를 가지고 있는지…. 고개를 숙이고 자세를 낮추니 보이지 않았던 것이 보였습니다.

빳빳이 고개를 들고 있었다면 아마 이 꽃을 저는 보지 못했을 겁니다. 그러고 보면 모든 진리는 하나로 통하나 봅니다. 낮아지면 보인다는 이치요.

우리네 인생도 그렇습니다. 낮추면 많은 것을 보게 될 겁니다. 낮아지면 낮아질수록 더 많은 신비와 아름다움을 만납니다. 나를 낮추고 내려오면 내가 쉽게 여기던 것에 대한 고마움, 보이지 않는 곳에서의 배려와 봉사를 발견하곤 합니다.

용서가 되지 않는 사람이 있다면 한번쯤 그의 눈높이로 내려가 보세요. 내가 싫어했던 행동이 그의 삶의 위치에서는 어쩔 수 없이 해야 하는 행동일 수도 있습니다. 또 내가 얼마나 콧대 높게 굴었는지도 보이게 됩니다. 고개를 들고는 길가에 핀 작은 꽃을 볼 수 없

듯이 높은 잣대로는 소소한 것의 아름다움을 발견할 수 없습니다.

저는 가던 길을 멈추고 주저앉아 바람에 나붓나붓 흔들리는 꽃을 바라보았습니다. 여유가 없으면 보지 못할, 낮음이 없으면 지나칠 뻔한 이 작은 꽃을 사진기에 담았습니다. 어느새 해가 뉘엿뉘엿 지고 있었습니다. 딱히 한 일이 없는데도 너무나 행복한 하루가 지나갔습니다.

자기 몫을 고집하지 않고 서로의 것을 나누기 위해 모였기에 구김살 없이 웃을 수 있었습니다. 이 따뜻한 마음이 밑거름되어 청소년들이 다시 세상으로 나아가는 보금자리가 완성되겠지요.

바자회

수녀회에서 도밍고 청소년 센터 기금 마련을 위한 바자회를 열었습니다. 구름이 살짝 낀 흐린 날씨라서 혹여 비가 오지 않을까 걱정이 되었습니다. 다행히 비는 오지 않았습니다. 바자회 전날 오후에는 햇볕이 따가워 고생했는데 당일에는 구름이 끼어 덥지도 않고 좋았습니다.

저희 수녀회에서 처음 여는 바자회인 만큼 기대가 되었습니다. 바자회 날 아침에 음식을 준비하고 바자회 물품을 정리하는 데도 축제를 앞둔 사람처럼 마음이 들떴습니다. 시작도 하기 전에 흥분이 되어 이리저리 옷 판매대에도 갔다가, 성물방에도 갔다가 부산스럽게 굴었습니다.

들뜬 마음을 가라앉히기 위해 기도했습니다. 도밍고 청소년 센터가 강원도 횡성에 무사히 세워져 아파하는 많은 청소년이 하느님의 사랑과 축복을 통해 건강한 몸과 마음으로 회복되기를, 아이들이 자신의 꿈을 향해 미래의 귀한 자원으로 살아갈 수 있기를 간절한 마음으로 빌었습니다.

바자회 오픈 시간이 되자 사람들이 하나 둘씩 수녀원으로 오기 시작했습니다. 청소년 센터에 조그마한 도움이 되고자 모인 사람들 중에는 반가운 분도 있었습니다. 마리아, 크리스티나 자매 등 기꺼운 마음으로 미아동에 온 그들이 너무나 고마웠습니다.

시간이 지나자 늘 조용하던 미아3동이 저희 수녀원 때문에 떠들썩해졌습니다. 떡볶이와 부침, 순대 등 음식 냄새가 풍기고 여기저기서 가격을 물어보고 구경하는 모습이 장날 풍경과 다름없었습니다. 한 아이는 자기가 좋아하는 모자를 손에 쥐고 엄마에게 사달라고 보채기도 하고, 또 떡볶이가 너무 맛있다고 극찬을 하는 여고생도 있었습니다. 다양한 사람들의 모습을 보는 재미가 쏠쏠했습니다.

옷 판매를 맡은 저는 사람들을 향해 열심히 손짓했습니다. 자매에게 너무나 어울리는 옷이라고 말하며 사이즈에 맞는 옷을 찾아주려니 정신이 하나도 없었습니다. 그래도 왁자지껄한 모습에서 사람 사는 냄새가 나 절로 미소가 지어졌습니다. 이리저리 움직이는 저를 보더니 한 분이 다이어트 따로 안 해도 되겠다며 살 빠지겠다고 농담을 던졌습니다. 적어도 1킬로그램은 빠지지 않았을까 하는 바람이 살짝 들기도 했습니다만 그날 먹은 음식량을 생각하면 찌지 않았으면 다행입니다.

바자회에서는 물품 판매뿐만 아니라 공연도 했습니다. 저희 수녀회에서 아름다운 목소리를 가진 수녀님들이 모여 합창을 했습니다. 저도 하려고 했는데 안타깝게 오디션에서 탈락을 했습니다. 정말 성량 하나는 큰데 고운 목소리는 아니어서 참 아쉬웠습니다.

수녀님들이 "내 모든 삶을 드리리. 날 사랑하시는 주님께."라며 노래를 부르는데 저는 순간 천사가 내려와서 부르는 게 아닐까 싶었습니다. 수녀님들 모두 바자회 전날 잠을 많이 못 잤을 텐데도 목소리가 청량하고 맑았습니다. 듣는 형제자매도 저와 똑같이 느꼈는지 앙코르를 외쳤습니다.

수녀님들의 합창이 끝난 후에 가톨릭 성가팀 '이노주사'의 노래가 있었습니다. 차가 막혔는지 성가팀 중 한 분이 늦게 오셔서 두 시간 동안 저는 제 장기를 선보였습니다. 바로 웃음 강의입니다. 손을 움직이며 박수를 치도록 했는데 서로 맞지 않고 엇갈리니 더 웃음이 나왔습니다.

빠르면 빠른 대로, 늦으면 늦는 대로 깔깔 웃으니 더욱 신명이 났습니다. 그러던 중에 드디어 성가팀이 도착해 흥겨운 노래를 들려주었습니다. 젊은이들이라 그런지 찬양하는데 아주 생기가 넘치

고 열정이 가득했습니다. 그들이 전한 열기에 모두들 일어서서 어깨를 덩실거리며 호응했습니다.

또 횡성에서 공부하는 수녀님들이 서울로 올라와 '성 카타리나' 연극을 했습니다. 어쩜 그리도 맛깔나게 연기하던지요. 반짝이를 붙이고 리본을 단 의상이 매우 화려했습니다. 내레이션은 차분하면서도 감정이 풍부해 극에 흠뻑 빠져들게 했습니다. 얼굴에 분장을 한 수녀님들이 코믹하게 넘어지자 모두들 포복절도했습니다.

바자회에는 행복한 기운이 넘실거렸습니다. 자기 몫을 고집하지 않고 나누기 위해 모였기에 구김살 없이 웃을 수 있었습니다. 이 따뜻한 마음이 밑거름이 되어 청소년 센터가 든든하게 세워질 것입니다. 생각만 해도 기분이 좋습니다. 우리 청소년들이 아픈 마음을 위로 받고 다시 세상으로 나아가는 보금자리를 세우는 데 도움을 준 모든 분께 고마움을 전합니다.

내일이 다시 찾아오지 않고 오늘이 내 마지막이라면 나는 어떤 모습으로 살아야 할까 고민을 많이 했습니다. 답은 하나였습니다. 웃음. 마지막에 한번 더 웃어 나를 보는 사람에게 웃음을 짓게 한다면 그 사람은 또 다른 이에게 웃음을 전할 테니까요.

행복 바이러스

이제 조금 있으면 성탄절이 다가옵니다. 성탄절이 지나고 새해가 오면 한 살을 더 먹게 되겠지요. 망우동 성당 기도회를 마치고 돌아오는 길은 무척 추웠습니다. 버스 창가에 있는데 허연 입김이 나올 정도였습니다. 앉아서 창가를 바라보는데 창밖 풍경은 보이지 않고 제 얼굴이 또렷하게 보였습니다.

순간 링컨이 "나이가 마흔 살이 넘은 사람은 자신의 얼굴에 책임을 져야 한다."고 했던 말이 떠올랐습니다. 내 얼굴은 어떤 삶을 담고 있을까. 창가에 비친 제 얼굴을 이리 저리 살펴보았습니다. 다행히 작년 표정에 비해 올해가 웃는 모습이 훨씬 자연스러워졌더군요. 안도의 한숨을 쉬었습니다.

비슷하게 평범한 삶을 살아도 차이는 있게 마련입니다. 똑같은 입을 주어도 칭찬을 하고 생명을 전하는 입이 있는가 하면 욕을 하고 험담을 하는 입도 있습니다. 똑같은 눈을 주어도 아름다움을 찬

미하는 눈이 있는가 하면 째려보면서 이상한 것을 보고 불평불만으로 가득 차 있는 눈이 있습니다. 인상이란 어떤 마음을 가지고 있느냐에 따라 그 생김새가 달라집니다. 저는 다행히도 작년보다 올해 더 많이 웃었나 봅니다.

작년 성탄절에 한 기도 제목 중에 하나가 어제보다 오늘 더 웃는 것이었는데 이루어진 모양입니다. 지난해 성탄절 즈음, 한 자매의 죽음을 통해 저도 오늘이 생의 마지막일 수도 있겠다는 생각을 했습니다.

그 자매는 28세로 세상을 떠났습니다. 정말 하얀 박꽃처럼 곱디고운 외모에 마음씨도 얼마나 예뻤는지 모릅니다. 어릴 때 아파서 수술 한 번 한 것 외에는 건강했는데 갑작스럽게 병이 찾아왔다고 했습니다. 그 자매가 이전 서울대학교 병원에서 치료를 받았을 때 한 번 들러서 기도를 해 주었는데 그게 많은 위안이 된 모양이었습니다. 그래서 지난해에도 꼭 좀 와 달라고 부탁을 했었습니다. 그런데 바빠서 시간이 좀처럼 나지 않았습니다. '가야 하는데…' 하고 마음만 먹고 있었습니다.

시험 기간이라 공부하고 있을 때 한 통의 전화가 왔습니다. 그녀의 시부모님이었습니다. 그녀의 상태가 좋지 않다는 소식이었습니다. 그래서 저는 다섯 과목의 시험을 포기하고 달려갔습니다. '사람이 죽어 가는데 그거 포기 못하겠냐!'라는 생각과 함께 마지막 가는 얼굴은 봐야겠다는 마음이 들었기 때문입니다.

부랴부랴 달려가니 10시 정도 되었습니다. 그녀는 고통스러워서 잠시 깨어났다가 독한 수면제를 먹고 잠들어 있었습니다. 그 모습을 보며 그녀에게 편지를 썼습니다. 하느님이 사랑으로 어루만져 주고 자매가 한 기도, 고통 속에 동반하고 계신다고. 결국 저는 그녀가 곤히 자는 모습만 보고 돌아왔습니다. 그녀의 임종을 보지 못한 것입니다.

나중에 들은 말에 의하면 제가 다녀간 이후 그녀는 깨어나서 편지를 읽었다고 했습니다. 읽고 나서 고통이 다시 찾아와 진통제를 맞았는데 그 후 다시는 일어나지 못하고 세상을 떠났다고 했습니다. 바쁘다는 핑계로 가지 못하고 막바지에는 '가긴 가야지. 괜찮겠지.' 하고 오늘 할 수 있는 일을 미루다가 그녀의 마지막을 지키지 못했습니다. 마음이 아프고 참 미안했습니다. 그리고 나에게 주어진 내일이 똑같은 것 같지만 전혀 다를 수 있겠구나 하는 생각을 했습니다.

내일이 다시 찾아오지 않고 오늘이 내 마지막이라면 나는 어떤 모습으로 살아야 할까 고민을 많이 했습니다. 답은 하나였습니다. 웃음. 마지막에 한번 더 웃어 나를 보는 사람에게 웃음을 짓게 한다면 그 사람은 또 다른 이에게 웃음을 전할 테니까요. 그리고 언젠가는 제가 원하던 모습, 웃음이 돌고 돌아 행복한 세상이 만들어지지 않을까 싶어서입니다.

돌아가는 버스에서 본 사람들의 얼굴 표정은 다양했습니다. 누군가는 창가에 기대 꾸벅꾸벅 졸고 있고 어떤 이는 멍하니 창밖을 내다보고 있었습니다. 또 제 옆의 아주머니는 친구와 함께 자식의 이야기를 하며 속내를 털어놓았습니다. 한 고등학생은 초조한 듯 노트를 들여다보며 중얼거리기도 했습니다.

그중 웃는 사람은 몇이나 되었을까요. 버스 안에 웃는 사람은 한두 명 정도밖에 없었습니다. 그곳에 웃음이 번지면 한층 더 따뜻해질 것 같았습니다. 그래서 저는 눈이 마주친 꼬마에게 웃어 보였습니다. 아이는 힐끔 쳐다보더니 잠시 시선을 돌렸다가 저를 다시 보았습니다. 부끄러움을 많이 타는 아이였습니다. 그래서 익살스러운 표정을 지으니 아이가 그제야 웃음을 터트렸습니다. 까르르.

웃으니 엄마가 아이를 쳐다보고 아이는 저를 가리켰습니다. 어머니와 저는 싱긋 웃으며 인사했습니다. 행복한 웃음이 넘실거리는 풍경을 꿈꿉니다. 그래서 저는 계속 웃습니다. 그리고 힘찬 발걸음으로 웃음을 전하러 갑니다.

©박병찬

지은이 이미숙 아가다 수녀

1995년 강원도 횡성에 있는 성도미니코 선교 수녀회에 입회하여 수도자의 길을 걷기 시작했다. 1999년 첫 서원을 하고 2004년 병원사목과 인연을 맺어 서울 안암동 고려대학교 병원에서 환자를 돌보는 원목을 했다. 환자들의 고통과 아픔을 보며 힘들어하던 2006년, 웃음을 통해 그들이 행복한 삶을 개척하는 모습에 감동해 웃음으로 사람들의 마음을 치유하는 웃음 치료사로 활동하게 되었다. 2009년 방황하는 청소년들을 위해 강원도 횡성 수녀원에 도밍고 청소년 센터를 열어 그들을 돌보는 센터장으로 일하고 있다. 웃음과 성령으로 몸과 마음을 치유하는 치유 피정을 진행하고 있으며 전국에 웃음과 행복을 전하는 선교사로 활동 중이다. 2010년 평화방송 라디오와 TV에도 출연하여 많은 사람들에게 웃음과 행복을 전하고 있다.

그린이 금동원

자연, 생명, 음악, 시간, 추억 등 아름다운 감성을 은유와 상징의 조형적 시어와 색채로 표현해 내는 화가. 세종대학교 서양화과를 졸업하고 동 대학원 미술과를 졸업했다. 현재 양평과 삼청동, 베를린에 작업실을 두고 삶을 예술처럼 살고 있다. 파리, LA, 서울, 부산 등에서 25회의 개인전을 가졌으며, 한국을 포함한 세계 곳곳에서 KIAF/한국국제아트페어, 화랑미술제, SOAF, 한국의 색채와 꿈전/국립현대미술관기획, SAGA/파리국제판화미술제, 뉴욕아트엑스포, 칸아트페어, 니스아트페어, 취리히아트페어, 멜버른아트페어 등 350여회의 단체전 등에 참가했다. 1995년 ART AND WORDS MELBOURNE 최고작가상, 2010년 경기신문미술상을 수상했다.

그러니까 웃어요

지은이 이미숙 | 그린이 금동원
1판 1쇄 발행 2010년 12월 15일 | 1판 5쇄 발행 2012년 5월 29일 | 발행인 신혜경
발행처 마음의숲 | 등록 2006년 8월 1일(105-91-03955)
주소 서울시 마포구 상수동 145-1 번지 영빈빌딩 6층
전화 (02) 322-3164~5 팩스 (02) 322-3166 | 마음의숲 카페 cafe.naver.com/lmindbookl
기획 권대웅 | 편집 박희영 구현진 김나랑 | 디자인 천애린 | 마케팅 노근수 오선희
ISBN 978-89-92783-41-5 03810

마음의숲에서 단행본 원고를 기다립니다.
따뜻하고 생동감 넘치는 여러분의 글을 maumsup@naver.com으로 보내주세요.